Edition Paashaas Verlag

Autorin: Raymonde Graber-Schiltz
Originalausgabe Februar 2014
Cover-Motiv: Isabella Bühring - Künstlername: Filouino
Cover designed by Michael Frädrich
Lektorat: Kathrin Rauschning, Manuela Klumpjan
Printed: BoD, Norderstedt
www.verlag-epv.de

ISBN: 978-3-942614-69-6

Die Handlung des Romans ist frei erfunden.
Sollte ein Ereignis oder ein Name im Buch erscheinen, welches auf jemanden zutrifft, ist das ungewollter Zufall. Die Haftung jeglicher Art wird abgelehnt.

Die Deutsche Nationalbibliothek verzeichnet diese Publikationen in der Deutschen Nationalbibliografie; detaillierte bibliografische Daten sind im Internet über http://dnb.d-nb.de abrufbar.

Anne und das Haus am See

Anne Hill saß gemütlich auf der weiß gestrichenen Holzbank und las in einem Buch, als ein Flugzeug ziemlich niedrig und mit lautem Getöse über das Haus flog.

Das war eigentlich ungewöhnlich hier in der Gegend, denn der Flughafen befand sich hinter dem Wald und man hörte nicht viel von irgendwelchen Lärmemissionen.

Ihr blieb das Herz fast stehen, als die Cessna im Kornfeld aufschlug und sofort schwarzer Rauch aufstieg. Sie überlegte nicht lange, sondern schnappte sich den Feuerlöscher, der neben dem Hauseingang befestigt war, und rannte ins Feld.

Sie sah, wie jemand von innen her an der Tür des Flugzeugs rüttelte, aber anscheinend war da etwas verklemmt. Anne kam außer Atem an der Absturzstelle an und riss an der Tür, aber sie ging nicht auf. Da schlug sie mit aller Kraft mit dem Feuerlöscher dagegen und - oh Wunder - die Tür ließ sich langsam aufziehen. Der Mann, der auf dem Sitz saß, blutete an der Stirn, aber er war bei Bewusstsein.

Er verzog sein Gesicht, als sie ihm die Hand reichte und ihn aus dem Wrack heraus zerrte. Das alles ereignete sich in Sekundenschnelle. Endlich war es geschafft, der Pilot war draußen. Anne schleifte ihn stolpernd mit sich, so schnell sie konnte, nur fort von dem stinkenden schwarzen Rauch. Inzwischen roch es extrem stark nach Kerosin und kleine Flammen züngelten hoch.

Sie hatte gesehen, dass der Pilot alleine war, zum Glück, denn nun brannte das Flugzeug lichterloh und beide entfernten sich hastig... nur weg vom Feuer. Es wurde immer heißer und der Rauch verbreitete einen grausamen Gestank.

Dann, urplötzlich, gab es einen fürchterlichen Knall. Durch den Luftdruck wurden Anne und der Mann unsanft zu Boden geschleudert.

Von weit her hörte man schon die Feuerwehr anrasen, mit lauten Sirenen. Sie sahen sich an, beide waren schmutzig im Gesicht, aber dann begriffen sie, dass sie lebten. Ja, es war wie ein Wunder, es war Glück im Unglück.

Die Feuerwehr war schnell, die Mannschaft löschte den Brand, denn die Flammen hatten schon auf das Feld übergegriffen. Irgendjemand half den beiden aufzustehen. Außer der Stirnwunde und ein paar Prellungen war dem jungen Mann nichts geschehen und auch Anne fehlte außer dem Schock nichts. Der Sanitäter von der Feuerwehr verband die Kopfwunde von Peter Dewo. Dieser hatte sich inzwischen vorgestellt, und dann Anne umarmt, einfach so, um ihr zu danken. Er hatte auch allen Grund dazu, denn wenn sie nicht so schnell gehandelt hätte, wäre er vielleicht nicht mehr am Leben…

Langsam setzen sie sich in Bewegung, zu dem Haus, das Anne vor fünf Monaten von ihrer Großmutter geerbt hatte und wo sie seither fast jedes Wochenende verbrachte. Sie ging mit Peter zur Sitzbank und holte aus der Küche eine Flasche Wasser und Gläser. Beide tranken erst einmal einen großen Schluck. Dann musste Peter Dewo erzählen, wie und warum das Unglück geschehen konnte. Er konnte sich nur daran erinnern, dass der Motor anfing zu stottern und die Steuerung nicht mehr recht funktionierte.

Das musste später alles noch ganz genau untersucht werden, aber die Hauptsache war, dass er mit dem Leben davongekommen war. Er erzählte, dass er oft bei schönem Wetter ein paar Runden über den Bodensee flog oder über die nahen Berge.

Anne hörte Peter gespannt zu, sie schaute ihm in seine braunen Augen und die gefielen ihr, sehr sogar.

Ein Mann, der so schöne Augen hatte, muss ein guter Mensch sein, dachte sie. Sein sonnengebräuntes Gesicht mit den lustigen Augenfältchen machte großen Eindruck auf sie. Anne bemerkte, dass seine fast schwarzen Haare ein klein wenig angesengt worden waren.

Sie spürte auch, dass sich trotz des Schreckens und der Anstrengung ein angenehmes Kribbeln in ihrem Bauch bemerkbar machte. Irgendwie ahnte sie, dass sie im Begriff war, sich in Peter zu verlieben. Aber ihr Verstand meldete sich: Ist er verheiratet oder lebt er allein, so wie sie?

Ihre Gedanken überschlugen sich, während Peter erzählte. Die Feuerwehr hatte währenddessen den Brand gelöscht. Er sah sie nun an, und sie merkte, dass sie etwas sagen musste. Sie holte tief Luft und erzählte von ihrer verstorben Großmutter. Sie hatte Tränen in ihren blaugrünen Augen, als sie sagte, dass ihre Oma eine schlimme Viruserkrankung bekommen und sich nicht mehr davon erholt hatte.

Anne Hills Eltern waren beide bei einem Autounfall ums Leben gekommen, als sie erst 13 Jahre alt war. Sie waren auf dem Weg in die Ferien nach Luzern und ihr Vater hatte das Reh, das plötzlich auf der Straße stand, zu spät gesehen. Er hatte das Steuer noch herum gerissen, aber dann schlitterte das Auto und stürzte den Abhang hinunter. Ihre Eltern waren sehr schwer verletzt worden, sie starben noch an der Unfallstelle. Es war entsetzlich. Anne war nicht dabei, als der Unfall geschah. Sie war bei ihrer Oma geblieben, um die Ferien bei ihr zu verbringen. Die Großmutter tröstete das Kind so gut sie konnte. Sie selber litt auch schrecklich, denn der Verlust ihrer Tochter war für sie kaum zu ertragen. Anne durfte bei ihrer Großmutter bleiben, sie hatte ja sonst niemanden mehr auf der Welt. Sie erlebte eine wunderschöne, behütete Kindheit und Jugend. Sie hatten oft zusammen auf der weiß gestrichenen Bank gesessen und selbstgebackene Plätzchen genascht und Oma hat dann von früher erzählt. Doch der Tag, als dann auch ihre Großmutter starb, war furchtbar traurig gewesen. Anne war plötzlich ganz allein.

Als sie später den Job bei der Bank in der Stadt bekam, hatte sie sich dort eine kleine Wohnung gemietet.
Peter hörte aufmerksam zu, er bewunderte seine Lebensretterin, ihre blonden Haare, ihr feines Gesicht, noch ein wenig schmutzig. Wie sie so da saß in ihren Jeans und der nicht mehr ganz weißen Bluse, da beeindruckte sie ihn sehr.

Der Hauptmann von der Feuerwehr kam zu ihnen, um die Personalien aufzunehmen. Viel vom Flugzeug war nicht übrig geblieben und so sagte er mit Blick zum Himmel: „Ich habe schon Einiges erlebt, aber sie haben mächtiges Glück gehabt, das hätte ins Auge gehen können."

Peter konnte gemeinsam mit dem Polizisten bis zum Flugplatz nach Altenrhein fahren, wo er sein Auto abgestellt hatte und musste noch versichern, sich ins Spital zur Untersuchung zu begeben.

Er verabschiedete sich von Anne, hielt ihre Hand lange fest und versprach, sich am Abend bei ihr zu melden.
Sie lächelte und schaute dem Auto hinterher, bevor sie ins Haus ging und sich ein Bad einließ. Anne goss ein wenig von dem feinen Lavendel-Extrakt dazu, der noch von ihrer Oma stammte. Das warme Wasser erfrischte sie und machte sie gleichzeitig müde. Sie dachte an Peter, dem sie vor ein paar Stunden das Leben gerettet hatte.
In ihrem Kopf kreisten die Gedanken umher, sie wusste ja eigentlich immer noch fast nichts über ihn.

Das Läuten des Telefons erschreckte sie ein wenig. Peter war dran. Er wollte sich noch einmal bedanken und ihr mitteilen, dass er eine Nacht im Spital zur Beobachtung bleiben musste.
Seine angenehme Stimme gefiel ihr, sie klang noch weicher am Telefon, als Stunden zuvor. Anne nahm allen Mut zusammen und fragte: „Soll ich jemand benachrichtigen?"
„Nein danke, es ist ja Wochenende, da werde ich im Geschäft nicht vermisst. Meine Eltern habe ich eben angerufen, damit sie keinen Schrecken bekommen, falls in den Nachrichten der Absturz gemeldet wird. Nun muss ich schlafen, auf Befehl der Nachtschwester", antwortete er scherzhaft.
Er versprach, sich so bald wie möglich wieder bei ihr zu melden

und legte auf, nachdem er ihr eine gute Nacht gewünscht hatte.

Am Sonntag erwachte Anne schon sehr früh, sie sah aus dem Fenster und beobachtete den herrlichen Sonnenaufgang. Sie zog ihren Trainingsanzug an, trank ein Glas Milch und verließ das Haus, um ein wenig im nahen Wald zu joggen. Das tat ihr gut und machte den Kopf frei.
Aber ihre Gedanken kreisten trotzdem immer noch um Peter. Der schwarze große Fleck im Kornfeld und das Wrack des Flugzeugs waren nicht zu übersehen. Ein anderer Jogger, der ihr begegnete, fragte sie wegen des Absturzes. Sie erzählte ihm, was geschehen war und dass der Pilot wohl einen Schutzengel gehabt hätte. Eigentlich hätte sie ja erzählen können, dass sie selber der Schutzengel Nummer zwei gewesen war, aber dazu war sie viel zu bescheiden.

Anne lief heute keine große Runde, sie war noch etwas müde von dem aufwühlenden Ereignis und lief zum Haus zurück. Bald schon duftete es nach Kaffee in ihrer heimeligen Küche.
Am Abend fuhr sie in ihre Wohnung. Sie hasste es, zu spät zur Arbeit zu erscheinen, darum fuhr sie immer schon abends in die Stadt, um in keinen Stau zu geraten.
In der Mittagspause am nächsten Tag aß sie eine Kleinigkeit in der Kantine und erledigte noch schnell ein paar Besorgungen. Dann rief sie im Spital an und fragte nach Peter Dewo. Die Oberschwester teilte ihr mit, dass er bereits entlassen worden war. Anne war ein wenig enttäuscht, dass er ihr keine Nachricht geschickt hatte, zuckte mit den Schultern und ging wieder ins

Büro. Dort stand ein riesiger Blumenstrauß auf ihrem Schreibtisch, ihre Lieblingsblumen, weiße Callas. Eine Karte war dabei. Sie riss den Umschlag auf und las die eine Zeile, die dort stand: *In großer Dankbarkeit und mit ganz herzlichen lieben Grüßen...* *Peter.*

Der Strauß war während ihrer Pause von einem Boten gebracht worden. Eine Kollegin hatte die Blumen in eine Vase gestellt, nun erkundigte sie sich neugierig:

„Na, ein Verehrer?"

Anne kam nicht darum herum, das Erlebte zu erzählen. Ihre Kollegen staunten nicht schlecht und lobten ihr schnelles Handeln.

Die Tage vergingen, aber Peter meldete sich nicht. Die Zeitung hatte über den Absturz berichtet. So erfuhr Anne ganz nebenbei, dass Peter Dewo Direktor eines Modehauses war.

Am Wochenende fuhr sie mit ihrem silbergrauen Peugeot wieder zum Häuschen am See. Sie hatte ein paar frische Lebensmittel eingekauft, da sie gerne selbst kochte. Das war schon immer eines ihrer Hobbies gewesen. Sie räumte alles in den Kühlschrank ein. Dann machte sie sich daran, das Haus auf Hochglanz zu bringen. Immer musste sie an Peter denken, daran, was er wohl so machte. Sie konnte ihn nicht aus ihren Gedanken vertreiben... Zu sich selber sagte sie: „Ich habe mich verliebt!"

Gegen Abend waren die Zimmer schön aufgeräumt, nirgends sah man auch nur ein Staubkörnchen. Sogar die Vorhänge hatte sie gewaschen, alles blitzte und glänzte. Sie schuftete so, weil sie auf andere Gedanken kommen wollte.

Sie hatte mal einen Freund gehabt, aber bald gemerkt, dass er nicht zu ihr passte. Antonio war sicher kein schlechter Mensch, aber er liebte das Leben und andere Frauen.

Sie gingen in Frieden auseinander, jeder seinen eigenen Weg.

Dass Antonio einfach per Anruf Schluss gemacht hatte, war natürlich nicht so schön gewesen: „Weißt du meine Liebe, ich habe eine andere Freundin... bla, bla...“

Eigentlich tat es nicht mal weh, sie war bloß in ihrem Stolz verletzt gewesen. Er trank viel zu viel, aber wollte das nicht ändern.

Oft hatte sie mit ihm darüber gesprochen, auch über eine Entziehungskur, aber er meinte nur, dass er nicht süchtig sei...

Doch sie wusste, dass eine Sucht schneller anfing, als man dachte. Sie hatte Freunde, deren Sohn Haschisch im Schulheft fand und nachher nicht mehr von den Drogen los kam. Er fing an, zu stehlen, um an Geld zu kommen.

Als er erwischt wurde, hatte sein Richter Mitleid mit ihm, aber er stahl weiter und wurde anschließend sogar zu einem Jahr hinter Gittern verurteilt. Im Gefängnis gab man ihm Methadon gegen die Sucht und andere Medikamente zum Ruhigstellen. Er wollte nach seiner Entlassung aufhören, ging in eine Entziehungskur, kam nach Hause und bekam von einem Dealer schon am ersten Tag wieder Stoff. Genau dieses Suchtpotential hatte in Annes Augen auch der Alkohol.

Der Junge starb noch am selben Tag auf qualvolle Weise.

Ein Polizist erklärte später der Mutter, dass sie den Kerl erwischt hätten, es sollte ein kleiner Trost sein.

Anne machte es sich auf dem Sofa bequem und schaltete den Fernseher ein. Es lief gerade ein Film von Rosamunde Pilcher, diese Liebesgeschichten fanden immer ein gutes Ende und die irischen Landschaften in diesen Filmen verzauberten sie.

Das Handy blinkte plötzlich auf. Peter war am Telefon. Er fragte, wie es ihr gehe und ob er sie abholen dürfe, zum Essen ins nahe Städtchen. Anne fand die Idee gut und sagte spontan zu. Sie war eigentlich müde, aber huschte sofort ins Schlafzimmer, um etwas Passendes zum Anziehen aus dem Schrank zu holen. Sie entschied sich für ein hellgrünes Kostüm, die Farbe brachte ihre blonden Haare wunderbar zur Geltung. Sie steckte die Haare nach hinten zusammen und legte ein leichtes Make up auf. Zehn Minuten später hörte sie draußen ein Auto vorfahren. Sie löschte die Lichter und ging hinaus.
Peter begrüßte sie herzlich und hielt ihr die Autotür auf.
Manche Leute sagen, wenn ein Mann einer Frau die Autotür öffnet und wartet, bis sie eingestiegen ist, hat er entweder eine neue Freundin oder aber ein neues Auto.
Stimmt nicht immer, dachte sich Anne, es gibt auch noch Gentleman heutzutage.
Ehe er losfuhr, berichtete Peter, dass er geschäftlich in Wien gewesen war.
„Ich habe natürlich an dich gedacht, aber die Zeit war so knapp. Ich hatte noch zwei Geschäftspartner dabei und war immer total im Stress, aber das ändert sich nun, ich habe einen guten Mann gefunden, der mich geschäftlich in Wien vertreten wird."

Bevor sie etwas sagen konnte, redete er weiter: „Du bist wunderschön und ich freue mich auf den Abend mit dir."
Er sah sie mit einem unschuldigen Blick an und sein Lächeln war richtig ansteckend. Anne erwiderte, dass sie sich auch freue. Es war ihr, als wenn sie diesen Mann schon ewig kennen würde und sie vertraute ihm.
Sie bedankte sich für die wunderschönen Blumen, die er ihr geschickt hatte. Er war ganz überrascht als sie erzählte, dass Callas ihre Lieblingsblumen waren. Das war reiner Zufall, ihm gefielen diese Blumen nämlich auch. Nun wollte er wissen, was ihr Lieblingsessen sei. Sie gestand, dass sie sehr gerne Fisch und Gemüse aß. Ein Restaurant war schnell gefunden, sie fuhren nach Rorschach, eine kleine Stadt am Bodensee.

Es wurde ein richtig gemütlicher Abend, mit Kerzenschein und Seesicht. Sie prosteten sich zu. Der Weißwein kam aus der Region, er glänzte in den Kristallkelchen. Der Kellner stellte die Flasche jedes Mal nach dem Einschenken in einen mit Eis gefüllten Silberkübel.
Sie hatten sich sehr viel zu erzählen an diesem Abend.

Beide verließen Stunden später Arm in Arm das Lokal, sie sahen zu, wie die Sonne unter ging, der See schimmerte golden, ein wunderschöner Anblick. Dann machten sie noch einen Schaufensterbummel. Peter wollte wissen, ob sie Lust hätte, das nächste Wochenende bei ihm zu Hause zu verbringen.
„Meine Eltern sind ja so gespannt auf meine Lebensretterin!", sagte er lächelnd.

Anne antwortete schelmisch:

„Das muss ich mir aber noch gut überlegen!"

Das meinte sie natürlich nicht ernst, denn sie war gespannt, seine Eltern kennen zu lernen.

Es war spät geworden. Sie fuhren zurück zum Haus am See. Unterwegs erzählte er ihr, dass sein Flugzeug einen Motorschaden gehabt hätte, was eigentlich sehr selten vorkam. Die Versicherung würde bezahlen müssen. Aber er sei ja noch am Leben, meinte er lächelnd.

Peter verabschiedete sich sehr zärtlich von Anne. Das gefiel ihr, er drängte sie nicht. Er war wirklich ein höflicher Mensch. Ein letztes Lächeln und weg war er.

Sie kramte den Schlüssel hervor, bemerkte dann, dass die Tür nicht verschlossen war. Hatte sie das in der Aufregung vergessen? Sie zündete das Licht an und erschrak fast zu Tode.

Auf ihrem Sofa saßen zwei Männer und grinsten.

Zuerst brachte sie keinen Ton heraus.

Dann schrie sie: „Was wollt ihr hier?"

Gleichzeitig überlegte sie, ob sie davonrennen solle. Aber dazu war es zu spät. Einer der Männer bedrohte sie plötzlich mit einer Waffe und befahl ihr, sich zu setzen und ihren Freund anzurufen. Mit zitternden Händen nahm sie ihr Handy und wählte. Peter meldete sich etwas erstaunt, merkte aber sofort an ihrer Stimme, dass etwas nicht stimmte. Die Verbrecher verlangten, dass Peter Dewo eine Million Schweizer Franken in gebrauchten Scheinen bringen solle, ansonsten würden sie Anne töten.

„Kein Wort zur Polizei", befahlen sie.

Sie war einer Ohnmacht nahe, Peter hatte genau zugehört.

Er hörte auch, dass geflüstert wurde, und erklärte dann:

„Bleib ganz ruhig, mein Schatz, ich erledige das, morgen gehe ich sofort zur Bank."

Innerlich war er wütend auf sich, darauf, dass er so schnell davon gefahren war und nichts gemerkt hatte. Aber das war nun nicht mehr zu ändern. Er hoffte, die Gangster würden ihr nichts antun. Die Geiselnehmer hatten sicher den Zeitungsartikel über seinen Flugzeugabsturz gelesen und dachten, so kämen sie schnell zu Geld. Natürlich fuhr er nun nicht nach Hause, sondern direkt zur Polizei.

Kommissar Schulz war ein Freund seiner Familie. Zufällig hatte er Nachtdienst. Erstaunt von der Erpressung, überlegte er nicht lange.

„Selbstverständlich holen wir Frau Hill da heraus!"

Er nahm den Hörer ab und sprach ein paar Worte. Schon erschienen einige Polizisten. Peter schilderte so gut wie möglich die Lage des Hauses und der Zimmer. Er war ja selber nur einmal dort gewesen.

Kommissar Schulz wollte die Befreiungsaktion noch in der Nacht durchführen. Er hatte eine Truppe gut ausgebildeter Frauen und Männer, alle wurden zur Wache gerufen und ein Plan wurde aufgestellt. In kurzer Zeit wussten alle Beamten, was zu tun war. Kommissar Schulz war ein erfahrener Fuchs.

Der Konvoi setzte sich mit Blaulicht in Bewegung.

Anne saß in einem Sessel und schaute ängstlich auf die halb-maskierten Männer.

Sie waren sich ihrer Sache sehr sicher, plünderten ihren Kühl-schrank, aßen, tranken und lachten, wohl in der Annahme, bald reich zu sein.

Der Größere der beiden ging ins Schlafzimmer und lümmelte sich mit den Schuhen auf dem Bett.

Dann fiel ihm ein, dass ihre Geisel ja davonlaufen könnte. Mit lauter Stimme wies er seinen Kollegen an, Anne auf dem Sessel festzubinden. Sie wehrte sich ein wenig, hatte aber keine Chan-ce. Der Kerl band ein Seil ziemlich fest um sie und den Sessel herum, auch fesselte er ihre Hände und Füße.

Dreist legte er sich danach auf das Sofa und trank den teuren Rotwein aus der Flasche, die im Wohnzimmer lagerte.

Ihre Angst wurde immer grösser.

Sie hörte die alte Standuhr im Sekundentakt ticken, früher war ihr das nie aufgefallen. Ach, dachte sie, wenn es doch bloß schon Morgen wäre. Es war eine unerträgliche Situation.

Die beiden Eindringlinge suchten die Fernsehbedienung und sa-hen sich irgendeinen Porno-Film im Nachtprogramm an, das konnte sie hören, aber nicht sehen, denn der Mann hatte ihren Sessel zur Wand gedreht. Sie hoffte, dass die beiden nicht auf dumme Gedanken kommen und sie vergewaltigen würden. Mein Gott, bloß das nicht, betete sie im Stillen.

Plötzlich hörte sie ein ganz feines Geräusch oben im Haus. An-schließend war es wieder still, nur im TV stöhnte kurzatmig eine

Frau. Das lenkte die Gangster ab.

Dann ging alles plötzlich sehr schnell, ein paar Fenster flogen auf, Glasscherben klirrten, auch von oben stürmten ein paar Polizeibeamte die Treppe herunter und bevor die zwei Verbrecher wussten, was geschah, wurden ihnen Handschellen angelegt.

Die Waffe lag unberührt auf dem kleinen Tisch. Jemand schloss die Haustür auf und Peter kam herein, er kniete sich vor Anne und entfesselte sie. Dann hielt er sie fest in seinen Armen und sie ließ ihren Tränen freien Lauf.

Kommissar Schulz ließ die zwei Männer abführen. Es herrschte ein ziemliches Durcheinander, bis alle außer ihm wieder draußen waren. Schulz war froh, dass die Aktion so gut und ohne Blutvergießen gelungen war.

Der Fußboden war mit Glasscherben bedeckt und nichts stand mehr an seinem Platz. Alle waren sich einig, dass Anne nicht im Haus bleiben konnte. Eine Polizistin half ihr, ein paar Sachen einzupacken, dann fuhren sie zum Polizeirevier. Anne hatte schnell erzählt, wie und was sich alles zugetragen hatte. Ein wahrer Horror.

Peter fuhr sie anschließend in ihre Stadtwohnung.

„Diesmal komme ich aber mit dir, meine Liebe!", sagte er. Zusammen gingen sie die Treppe hoch. Er schaute sich um und brachte ihr etwas zu Trinken, dann massierte er ganz sanft ihre Beine und ihre Handgelenke.

Langsam erholte sie sich von dem Schock. Sie fragte immer wieder: „Warum haben die das getan?"

„Solche Verbrecher handeln aus Habgier, aber was sie anrichten mit ihren Taten, das begreifen sie vielleicht erst, wenn sie vor dem Richter stehen", erwiderte Peter.

Anne war immer noch ganz verwirrt, darum schlug er vor, dass sie es sich auf dem Sofa bequem machen solle. Er wollte etwas Kleines zum Essen zaubern.
„Darf ich mal deinen Kühlschrank inspizieren?", fragte er und war schon dabei, jedes Fach zu besichtigen. Er fand Eier und beschloss, eine feine Omelette zu machen. Schon schlug er ein paar Eier auf und rührte mit der Gabel alles durch. Staunend schaute sie zu, sie hätte nicht gedacht, dass ein so viel beschäftigter Mann auch noch kochen konnte.
Bald schon roch es appetitanregend in der Wohnung. Während sie aßen, sahen sie einander immer wieder an und lächelten sich zu. Es gab noch ein Glas Kräutertee, dann räumte Peter das Geschirr in den Geschirrspüler. Es war sehr spät geworden, um nicht zu sagen, schon Morgen. Da es Sonntag war, musste niemand zur Arbeit. Sie beschlossen noch ein paar Stunden zu schlafen. Wie selbstverständlich verschwanden beide gemeinsam ins Schlafzimmer und kuschelten sich eng aneinander.

Anne erwachte zuerst und sah, dass Peter die Augen noch geschlossen hatte, darum schlich sie ganz leise ins Bad.
Sie freute sich, dass sie nicht alleine war, ging in die Küche und trank ein Glas Orangensaft. Dann machte sie frischen Kaffee. Inzwischen war auch Peter aufgewacht.

Er schlug vor, dass sie schon am Mittag zu seinen Eltern fahren könnten, das wäre eine gute Ablenkung. Das taten sie dann auch. Peters Eltern freuten sich sehr über den Besuch und Anne erzählte alles… Den Krimi vom Bodensee, der ein gutes, unblutiges Ende gefunden hatte.

Peters Familie gefiel ihr, sie waren sofort vertraut miteinander. Das „Du" wurde ihr angeboten und auf gute Freundschaft angestoßen. Carla und Hans Dewo waren schon über dreißig Jahre verheiratet, aber man merkte ihnen ihr Alter nicht an. Sie waren eben immer glücklich und zufrieden gewesen in ihrem Leben.

Hans hatte vor einem Jahr einen leichten Herzinfarkt erlitten, sich aber sehr gut davon erholt. Sein Sohn Peter hatte seither fast alle Aufgaben im In- und Ausland der Firma übernommen. Und dank ihren treuen Angestellten lief auch alles wie am Schnürchen.

Anne sah sich die eingerahmten Bilder an, welche auf dem kleinen Schrank aus Mahagoni standen. Sie sah Peter zusammen mit einem sehr jungen Mädchen. Peters Mutter erklärte ihr mit Tränen in den Augen, dass das Peters Schwester sei.

„Sie heißt Petra", sagte Carla, „und lebt im Moment in einer Klinik, weil sie an einer seltenen Muskelerkrankung leidet."

Sie leide an unerträglichen Gelenkschmerzen und die Ärzte bemühten sich nach Kräften um sie. Da Petra im Tanz-Sport tätig gewesen war, konnte man sich vorstellen, was sie auch seelisch durchmachte. Natürlich wurde alles getan, um die Krankheit zu heilen, aber die Genesung brauche Zeit.

Carla hatte die Hände in den Schoss gelegt und sah sehr traurig aus. Ihr kam eine Idee, die sie den anderen sofort mitteilte: „Wie wäre es, wenn wir Petra in der Klinik anrufen? Um diese Zeit ist sie sicher wach und freut sich über einen Anruf."

Carla ging zum Laptop und startete Skype. Ein Glück, Petra war online und nahm das Telefonat entgegen. Nach liebevoller Begrüßung wurde Anne vorgestellt. Die beiden Frauen plauderten eine Weile miteinander und Anne versprach, dass sie bald zu Besuch kommen würde.

Das Gespräch schien Petra richtig gut zu tun, sie sagte auch, dass die Schmerzen immer weniger würden.

„Aber", sagte sie mit leiser, wehmütiger Stimme, „das Tanzen musste ich aufgeben."

In der Zwischenzeit war es dunkel geworden.

Nach einem feinen Abendessen verabschiedete sich Anne dankend von Peters Eltern. Er fuhr sie zurück in ihre Stadtwohnung. Trotz des schrecklichen Überfalls fühlte sie sich gut erholt, das war der Liebe zu ihrem neuen Freund zu verdanken. Sie hätte es nicht für möglich gehalten, dass sie sich so verlieben könnte, es war einfach plötzlich geschehen. Sie spürte Schmetterlinge in ihrem Bauch, ein tolles Gefühl. Auch diese Nacht verbrachte Peter wieder bei ihr.

Am nächsten Tag rief Kommissar Schulz an, er brauchte noch eine Unterschrift für das Protokoll. Er hoffte, dass die zwei Erpresser für eine lange Zeit hinter Gittern verschwanden, denn sie hatten schon einmal jemanden erpresst.

Anne hatte frei bekommen und da Peter auch nicht ins Geschäft musste, fuhren sie am See entlang ins Grüne.

In einem gemütlichen Restaurant aßen sie eine Kleinigkeit.

Dann sah Peter ein paar Freunde. Er lud sie zu ihrem Tisch ein und bald war eine lustige Unterhaltung im Gange. Es war ein traumhafter Sommertag.

„Postkartenwetter", hätte die Oma gesagt.

„Wollen wir segeln?", fragten die Freunde Peter und Anne. Nichts taten sie lieber. Beide wussten, dass man das Wetter genießen musste, da es sich im Sommer schnell ändern kann. So machten sie eine Rundfahrt auf dem Bodensee bis zum Abend, schauten noch den wunderschönen Sonnenuntergang an, holten die Segel ein und verabschiedeten sich voneinander. Ein heftiges Gewitter gab es dann doch noch, aber da waren alle schon wieder im trauten Heim.

Peter musste nach Hause, denn es stand ihm noch eine arbeitsreiche Woche bevor. Anne wollte auch wieder zur Arbeit, zu Hause herum sitzen war sie nicht gewohnt. Sie wollte auch nicht frei machen, damit sie keine trüben Gedanken einholten. Ihr ging es eigentlich prima, sie strahlte eine wunderbare Zufriedenheit aus.

Ein paar Tage später kam abends ein Anruf von ihrem Ex-Freund Antonio, er verlangte, dass sie sich richtig aussprechen. Obschon Anne dagegen war, stand er eine Stunde später vor ihrer Tür und kam ungebeten in ihre Wohnung. Er hatte sich damals einen Schlüssel nachmachen lassen, ohne ihr Wissen.

Sein Atem roch schon von weitem nach Alkohol. Er sagte, dass er bereue, was er getan hätte, ihm sei nun bewusst geworden, dass er sie liebe.

Anne schaute ihn nur verachtungsvoll an und rief: „Bitte geh!"

Aber Antonio war angetrunken und wollte nicht verstehen, dass jemand ihn vor die Tür setzte. Mit einem Griff packte er Anne, die mit hängenden Schultern vor ihm stand und schleifte sie ins Schlafzimmer. Ihre Schreie dämpfte er mit einer Hand, mit der anderen riss er ihr die Kleider vom Körper.

Er, der vorgab sie zu lieben, vergewaltigte sie. Ohne ein Wort zu sagen, ging er danach wieder.

Halb bewusstlos lag sie da, der Schmerz war so unendlich groß. Sie schämte sich, obwohl es nicht ihre Schuld war.

Sie schleppte sich ins Bad, dort saß sie lange unter der Dusche, ihre Tränen vermischten sich mit dem Wasser, das über sie rieselte, bis sie das Gefühl hatte, keine Haut mehr zu haben.

Danach riss sie das Bettlaken vom Bett und vergrub es im Abfallsack, nie mehr wollte sie an dieses schreckliche Ereignis erinnert werden. Aber zuerst musste sie noch etwas erledigen.

Am Morgen zog sie sich an und ging in die Stadt. Sie lief wie in Trance zu dem Reihenhaus, in dem Antonio wohnte, und läutete, aber niemand öffnete ihr. Ein Hausbewohner verließ das Haus, er hielt ihr höflich die Tür auf. Anne ging zur Wohnung ihres Ex-Freundes. Die Tür war nicht verschlossen, sie trat ein. Sie wollte Antonio zwingen, sich der Polizei zu stellen und sich nie mehr in ihre Nähe zu wagen.

Aber wo war er? Es roch nach billigem Fusel, gelüftet war auch nicht. Sie fand ihn im Schlafzimmer, er hatte sich am Balken erhängt.

Anne stieß einen spitzen Schrei aus, dann rannte sie hinaus auf die Straße, wo sie beinahe von einem Auto angefahren wurde. Das Kreischen der Bremsen hörte sie wie durch eine Nebelwand. Was um alles in der Welt sollte sie jetzt nur tun?

Sie suchte in ihrer Handtasche nach ihrem Handy und rief die Polizei an.

Natürlich musste sie erzählen, was sie in dem Haus gewollt hatte. Es war schrecklich, alles noch einmal durchleben zu müssen. Die Polizei hatte einen Abschiedsbrief gefunden. Darin stand mit zittriger Schrift geschrieben:

Ich ertrage das Leben nicht mehr, ich bin selber schuld, dass ich immer wieder zu viel Alkohol gesoffen habe und nun komme ich nicht mehr los davon.

Ich erlebe die reinste Hölle, ich schaffe es nicht, damit aufzuhören. Ich hoffe, dass meine Freunde, die ich mal hatte, mir verzeihen. Lebt wohl.

Antonio

Anne war so müde und zerschlagen wie noch nie in ihrem Leben. Wieder zu Hause angekommen, rollte sie sich auf ihrem Sofa zusammen wie ein kleines Mädchen und schlief ein paar Stunden. Das Beruhigungsmittel, das eine Polizistin ihr gegeben hatte, tat seine Wirkung.

Sie hatte sich geschämt, Peter anzurufen, das tat sie nun, aber er war nicht erreichbar, er hatte ihr ja gesagt, dass er viel Arbeit hatte. Sein Handy hatte er gar nicht mitgenommen.

Dann rief sie bei der Bank an und meldete sich krank. Sie musste alleine sein und ihre Gedanken ordnen. Aber in der Wohnung
wollte sie nicht bleiben, sie zuckte bei jedem Geräusch zusammen, sie war völlig am Ende.
Daher rief sie bei der Mutter von Peter an.
Carla merkte sofort, dass etwas Schreckliches geschehen sein
musste und sagte freundlich aber bestimmt:
„Bleib wo du bist, ich komme zu dir."
In kurzen Worten erzählte Anne, was geschehen war.
Carla machte ihr sofort einen Vorschlag: „Hier kannst du nicht
bleiben, mein liebes Kind, pack deine Sachen und komm mit zu
uns, dort wird es dir besser gehen!"
Aber Anne wollte doch lieber in das Haus am See, sie hoffte
dass die Handwerker die eingeschlagenen Fenster schon ersetzt
hatten. Ein Anruf bei der Firma bestätigte dies.

Carla fuhr mit Anne in das Haus und verstand, dass man sich
dort gut erholen konnte. Es war wirklich urgemütlich. Die beiden Frauen tranken Tee und plauderten miteinander, als wenn
sie sich schon ewig kennen würden.
Carla hatte Peter im Geschäft erreicht, sie wollte ihn nicht beun-
ruhigen, aber fand, dass man Anne nicht sich selbst überlassen
konnte und bat ihren Sohn, am Abend zum Haus am See zu
kommen.
Er kam etwas früher als erwartet, nahm seine Freundin einfach
in die Arme und streichelte ihren Rücken, so als wollte er alles

Negative von ihr abwischen. Die Nähe von Peter tat ihr gut, in seinen Armen fühlte sie sich geborgen. Es war schlimm, dass in kurzer Zeit so viel Ungeheuerliches auf sie eingestürzt war.

In den folgenden Tagen telefonierten sie öfter miteinander. Für Anne war das eine große Hilfe, sie freute sich über jedes Gespräch und über jeden Besuch von ihm.

Ein paar Monate später war Anne wieder bei Familie Dewo zum Abendessen eingeladen. Peter schaute ganz geheimnisvoll, sie fragte sich, was er wohl im Schilde führte...
Nach dem Essen küsste er sie vor der ganzen Familie, er kniete nieder und fragte ganz feierlich: „Liebes, willst du mich heiraten? Ich möchte dich gerne für immer beschützen und lieben ein Leben lang."
Sie schaute Peter mit leuchtenden Augen an und konnte nur ein „Ja" hauchen. Er zauberte einen Ring hervor und steckte ihn an ihren Finger. Es war der Ring, den Anne bei einem gemeinsamen Schaufensterbummel bestaunt hatte, ein exklusives Unikat. Peter hatte ihn schon am Tag danach erstanden, denn er fühlte tief im Herzen, dass sie ein Paar werden würden.

Carla und Hans hatten alles mit angesehen und gratulierten nun herzlich. Sie freuten sich. Peter war ja aus der Luft vor Annes Haus gelandet, so etwas konnte man Schicksal nennen. Sie waren einfach füreinander bestimmt.
Hans holte eine Flasche Wein aus dem Keller, den Wein, den er für „besondere Anlässe" gekauft hatte und heute war so ein Tag.

„Es wird eine Traumhochzeit werden", sagte Carla, „ich übernehme die Planung."

Das verliebte Paar überließ ihr die Freude und war erstaunt, als sie direkt anfing, sich Notizen zu machen. Carla sah in Gedanken das Brautpaar schon in der Kirche. Endlich hatte sie eine neue Aufgabe, alles würde perfekt werden versprach sie.

Und das wurde es auch.

Drei Monate später schritt das Brautpaar zum Altar. Anne trug ein traumhaftes weißes Hochzeitskleid, aus der Dewo Kollektion. Der Altar in der Kapelle war mit weißen Callas und roten Rosen geschmückt. Mehr als hundert Gäste waren zur Hochzeitsfeier eingeladen. Eine feine Stimme ertönte und sang eindrucksvoll das Ave Maria von Schubert.

Es war Petra, Peters Schwester, die sang, sie hatte heimlich das Lied zusammen mit einem Gesangslehrer einstudiert.

Kein Auge blieb trocken, aber vor Freude und Ergriffenheit.

Der Pfarrer sprach einfühlsame Segensworte. Anne und Peter tauschten die Ringe aus Weißgold und gaben sich das Eheversprechen, das mit einem zärtlichen Kuss besiegelt wurde. Als sie zur Kirche hinaus schritten, streuten zwei Kinder Rosenblüten auf ihren Weg.

Für das Brautpaar stand eine weiße Hochzeitskutsche bereit. Das hatten sie nicht erwartet, es war wie im Traum. Der Kutscher wartete, bis beide Platz genommen hatten, dann ließ er die vier Schimmel durch die halbe Stadt traben. Die Menschen blieben stehen und winkten dem Brautpaar freundlich zu.

Das Fest, welches dann folgte, war einfach unvergesslich schön. Eine Traumhochzeit, wie eine Prinzessin sie mit ihrem Prinz feiert. Das Brautpaar tanzte zusammen ins Glück.

Ihre Hochzeitsreise nach Hawaii war unbeschreiblich romantisch. Sie wurden mit Aloah begrüßt, jeder bekam einen wunderschönen Blumenkranz um den Hals gehängt, eine „Lei", das bedeutet in Hawaii „Herzlich Willkommen". Damit wollen die Inselbewohner ihre Liebe zu den Menschen ausdrücken.
Nicht jeder erhält diese Ehre, denn da in der heutigen Zeit jährlich Millionen Touristen die Insel bereisen, gibt es zu wenige Blumen für alle Besucher auf Hawaii. Die Blumen müssen eingeführt werden, wahlweise werden Blumen aus Polyester oder Papier gebastelt.
Die Sonne, das Meer, die freundlichen Menschen dort, all das machte Anne sehr glücklich. Der liebste Mensch war natürlich Peter, er trug sie sozusagen auf Händen.

Sie hatten ein Ehepaar kennengelernt, auch Schweizer, die schon zum zweiten Mal auf Hawaii waren. Die Meiers gaben ihnen gute Tipps, was man besichtigen sollte. Abends saßen sie oft mit ihren neuen Freunden auf der Terrasse des Hotels, aßen zusammen die Köstlichkeiten, die angeboten wurden, und lauschten den Klängen der Musik.
Nie würden sie ihre wunderschöne Traumreise vergessen.

In der Zwischenzeit hatte sich auch Petra sehr gut erholt, ihre Gelenkschmerzen waren verschwunden, sie konnte wieder gehen, das war einfach wunderbar. Sie war ja noch jung und das Leben lag noch vor ihr. Wie sie bewiesen hatte, konnte sie wunderschön singen. Sicher würde es nicht lange dauern, bis jemand sie entdeckte.

Petra wohnte nun auch wieder zu Hause.

Die Villa war groß genug. Carla und Hans hatten einen Teil des Hauses umbauen lassen, so war auch noch Platz für das junge Ehepaar. Die Möbel hatte Anne ausgesucht. Peter hatte ihr da völlig freie Hand gelassen. Er wusste ja, dass sie Geschmack hatte für schöne Dinge.

Anne hatte bei der Bank gekündigt, sie kümmerte sich nun um eine Stiftung für Waisenkinder. Sie liebte diese Arbeit, denn für sie gab es nichts Schöneres als ein Kinderlachen.

Mit eigenen Kindern wollten sie sich eigentlich noch Zeit lassen. Aber bald merkte sie, dass sie schwanger war.

Ihr Arzt beglückwünschte sie, als sie zur Kontrolluntersuchung ging, um Gewissheit zu haben.

Peter war überglücklich, als er die freudige Nachricht erfuhr, er zog seine Frau an sich und tanzte mit ihr um den Tisch herum.

Das war wieder ein Grund zum Feiern in der Villa Dewo. Dieses Mal gab es aber einfach gesunden Orangensaft statt Alkohol zum Anstoßen.

Anne überlegte schon, wie sie das Kinderzimmer gestalten würde. Sie wollte die Wände in zarten Pastelltönen streichen lassen.

Mit Peter zusammen suchte sie eine wunderschöne Wiege aus und Kleider brauchte das Baby ja auch. Ihr war nie schlecht, sie genoss ihre Schwangerschaft. Alle verwöhnten sie und sie lachte oft, wenn sie behandelt wurde wie eine Kranke.

Bald war es dann soweit, ein wunderhübscher Knabe erblickte das Licht der Welt. Er bekam den Namen Félix.
Félix = der Glückliche. Anne war so überwältigt, sie hielt ihr eigenes Kind in den Armen und dankte Gott für alles. Félix griff schon mit seinen kleinen Händchen nach ihrem Finger und hielt sich fest.
Natürlich sagten alle, dass der Kleine seinem Vater wie aus dem Gesicht geschnitten wäre. Peter war richtig stolz, er war bei der Geburt dabei gewesen und hatte die Geburtswehen fast am eigenen Leib gespürt. Jede Geburt ist doch immer wieder ein großes Wunder!

Das Baby schlief jede Nacht durch, das erlebt man selten bei Neugeborenen. Wenn der Kleine wach war, lachte er jeden an, der in die Wiege schaute. Félix war einfach so süß, ein kleiner Schatz. Er machte seinem Namen alle Ehre.

Anne hatte ihr Haus am See nicht verkauft, sie konnte es einfach nicht tun. Inzwischen benutzte es jeder der Familie, der mal ein wenig vom Alltag ausspannen wollte. Im Sommer und fast das ganze Jahr durch wuchsen wunderschöne Blumen im Garten, die hatte die Oma noch gepflanzt.
Es war, als wollten die Blumen beweisen, wie schön die Natur doch sein konnte. Sogar im Winter blühte ein Schneeball-Strauch, diese rosa Blüten waren so exklusiv, erst im Frühling

fielen sie ab und machten grünen Blättern Platz. Eine kleine Blautanne wuchs jedes Jahr ein Stück gen Himmel, sie sollte Schatten spenden und zur Weihnachtszeit konnte sie beleuchtet werden. Die Tanne hatten Carla und Hans ihnen zur Hochzeit geschenkt. Auch ein Apfelbäumchen, ein Geschenk von Petra, sollte dafür sorgen, dass es im Haus am See immer saftige Äpfel gab.

Natürlich weinte Félix ab und zu. Als er die Röteln hatte, war es besonders schlimm, der arme Kerl bekam hohes Fieber und sah kläglich aus. Aber solche Krankheiten verlaufen bei Kindern meistens gut. Bald sah er wieder besser aus.
Die Zeit verging wie im Fluge. Anne machte Unmengen von Fotos. Sie hielt jeden Fortschritt, den ihr kleiner Sohn machte, bildlich fest.

Schon bald stand der erste Geburtstag von Félix bevor.
Die ganze Familie kam zur Feier. Anne hatte selber einen Kuchen gebacken und Félix durfte die Kerze ausblasen. Er klatschte vor Freude in seine Patschhändchen und lachte.
Seine Eltern waren sich einig, dass man ihren Sohn nicht mit Spielzeug überhäufen sollte, das Kind sollte lernen, mit wenig glücklich zu sein. Das war Félix auch. Er konnte schon früh auf seinen Beinchen stehen und spielte am liebsten in der Wiese mit seinem roten Ball und dem Hund Rex. Rex war ein kluger Hund, er knurrte wenn ein Fremder sich näherte, er hatte einen richtigen Beschützer-Instinkt.

Das Leben der ganzen Familie war so harmonisch wie es nur sein konnte. Sie waren einfach glücklich.

Anne äußerte den Wunsch, die Sommerferien am Meer zu verbringen, dort könnte ihr Sohn schön im Sand spielen und die salzige Meeresluft war sicher gesund für alle. Peter war einverstanden und bald ging es los. Einige Koffer voll Kleider wurden gepackt, da man ja nicht wissen konnte, ob es in den drei Wochen auch mal schlechtes Wetter geben würde.

Sie wollten nach Frankreich fahren, an die Côte d`Azur.

Früher war Saint Tropez ein kleines Fischerdorf, in dem berühmte Künstler ihre Werke herstellten. Das Fischerdorf hatte sich aber sehr verwandelt und große Hotels standen einladend an der Küste.

Sie zogen es jedoch vor, in einer kleinen gemütlichen Pension ihre Ferien zu genießen. Das Haus lag nahe am Strand, dort konnte Félix so richtig im Sand spielen und anschließend mit seinen Eltern vergnügt im Wasser plantschen. Es war herrlich, jeden Tag Sonnenschein. Sie machten eine Menge Fotos zur Erinnerung. Ihr Mann Peter war besonders zärtlich zu ihr, sie hatten ja nun noch mehr Zeit für einander.

Barfuß wanderten sie im warmen Sand am Strand entlang, es war einfach toll. Peter hatte dann noch einen wunderbaren Einfall. Als Anne Félix eines Abends ins Bett brachte, stellte er Windlichter in Herzform in den Sand, dann legte er sich in den Liegestuhl und stellte sich schlafend. Als sie zum Fenster hinausschaute und das brennende Herz von oben sehen konnte, bekam sie ein unglaubliches Glücksgefühl. Sie lief barfuß hinaus zum Strand, um sich das aus der Nähe anzuschauen. Sie küsste ihren `schlafendenPeter` leidenschaftlich und sagte: „Ich habe den besten Mann der ganzen Welt!"

So vergingen die einzelnen Urlaubstage.

Eines Abends rief Petra an, sie konnte vor lauter Freude kaum sprechen. Eine Plattenfirma hatte ihr einen Vertrag angeboten. Sie war auf gutem Wege, ein Star zu werden. Sie hatte ja auf der Hochzeit bewiesen, dass sie singen konnte. Alle freuten sich mit ihr. Es war wie ein Wunder, dass sie ihre Krankheit besiegt hatte und nun glücklich in die Zukunft schauen konnte.

Drei Wochen vergehen schneller, als man denkt, die Ferien in Frankreich waren vorbei. Das gefiel Félix nicht besonders, aber die Aussicht, Rex wieder zu sehen, stimmte ihn fröhlich.

Die ganze Familie kam zur Begrüßung, als sie zu Hause vorfuhren. Der Kleine griff in seine Hosentasche und schenkte jedem eine schöne Muschel, die er am Strand gesammelt hatte. Seine Oma umarmte ihn immer wieder, sie war glücklich, ihren Enkel wieder in der Nähe zu haben. Rex sprang freudig von einem zum anderen und wollte auch seine Streicheleinheiten haben.

Ein neues Familienmitglied war auch anwesend. Petra stellte ihren Freund Alexander Frei vor. Er hatte sie singen gehört bei der Hochzeit und so lernten sie sich kennen. Alexander war im Musikgeschäft tätig. Aus Freundschaft wurde wahre Liebe. Petra war ganz verwandelt, man sah ihr an, dass sie sehr glücklich war.

Carlas Haushaltshilfe hatte einen schmackhaften Nudelauflauf vorbereitet und verschiedene Salate bereitgestellt. Petra erzählte eine Menge und Anne plauderte von ihren Ferienerlebnissen. Die Männer kamen fast nicht zu Wort.

Es wurde schon dunkel. Félix schlief fast ein und Peter übernahm es, seinen Sohn ins Bett zu bringen. Das „Sandmännchen" war sofort da und der Kleine schlief schon fest, als sein Vater das Kinderzimmer verließ.

Die Jahre vergingen...

Petra hatte inzwischen ihren Alexander geheiratet. Die beiden waren dann nach Afrika ausgewandert und hatten dort ein Hilfswerk gegründet, sie wollten den Menschen vor Ort helfen; ihnen zeigen, wie man Gemüse anpflanzt, einen Brunnen gräbt und vieles mehr.
Natürlich waren noch andere Helfer dabei. Auch zwei junge Ärzte waren mitgeflogen. Sie waren vom Team `Ärzte ohne Grenzen`.

Das Paar hatte sich ein einfaches Haus errichtet, allerdings fehlte noch so einiges. Es sprach sich schnell herum, dass Helfer aus der Schweiz in der Gegend wohnten. Schon bald kamen die Menschen von weit her, um sich Rat zu holen und ihre Kinder untersuchen und impfen zu lassen. Die Einwohner dort vertrauten ihnen einfach. Das war schön und nicht selbstverständlich.

Petra, die auch das Nähen beherrschte, zeigte den Frauen, wie eine Nähmaschine funktionierte. Es waren keine elektrischen Maschinen, sondern Tretmaschinen, wie man sie früher auch in Europa hatte. Ein Second-Hand-Kaufhaus hatte ihnen diese zur Freude aller vermacht. Mit großem Eifer wurden zuerst Tücher gesäumt und dann Blusen und Röcke genäht. Es war faszinierend zu sehen, wie schnell die Frauen begriffen und Freude am Nähen hatten. Den Stoff besorgte natürlich das Dewo Modehaus.

Ein Lehrer war auch mit ihnen mitgekommen, er unterrichtete die Kinder, denn alle mussten von der Pike auf lernen. Zuerst mussten sie die Menschen überzeugen, dass kleine Mädchen auch das Recht hatten, zur Schule zu gehen. Hefte und Bleistifte sahen diese Kinder zum ersten Mal in ihrem Leben.

Keiner wusste, was es am anderen Tag zu essen gab. Aber sie waren glücklich, so paradox das auch klingen mag.

Mit dem Geländewagen machten die Helfer viele Besorgungen im etwa fünfzig Kilometer entfernten Städtchen. Natürlich war das kein Vergleich zu den Einkaufsläden in der Schweiz, wo es jeden Tag dreimal frisches Brot gibt und immer wieder etwas Neues, noch Besseres, noch Exklusiveres. Täglich werden in Europa tonnenweise Lebensmittel fort geworfen! Petra und Alexander fragten sich immer wieder, warum?

Man sah dort auch Stände, wo die Menschen die in Europa gesammelten Kleider kaufen konnten. Die Ironie dabei: Diese Altkleider waren meistens aus Baumwolle. Baumwolle, die von den Afrikanern hergestellt, in die ganze westliche Welt verschickt und zu Kleidern verarbeitet wurde und dann als Altkleider wieder an ihrem Ursprung landen! Echter Wahnsinn...

Wassermangel war auch ein großes Problem vor Ort. Die Frauen gingen Stunden zu einem Brunnen, um einen Krug Wasser nach Hause zu schleppen. Auch die Regenzeit hat sich verschoben, wegen der Klimaerwärmung.

Es gab einige Wasserquellen, aber die wurden von Konzernen gekauft.

Nun werden die dort gefüllten Wasserflaschen zu hohen Preisen verkauft, zu teuer für die Armen. Eine Lösung für den Plastikmüll, den diese Flaschen verursachen, gibt es auch nicht wirklich.

Petra vertrug das Klima nicht so gut, aber sie jammerte nie. Ihr Mann redete ihr zu, wieder nach Hause zu fliegen, bevor sie zusammenklappte. Sie könne ja so viel von zu Hause aus tun. Spenden sammeln, Leute anwerben für das Projekt und vieles mehr. Alexander versprach ihr zu folgen, sobald er konnte. Er wollte einfach die Leute nicht im Stich lassen, bevor das Nötigste erledigt war. Es gab eine richtige Abschiedsfeier für Petra in dem kleinen Dorf in Afrika. Es wurde getanzt und gesungen und getrommelt. Die Bewohner wollten ihr sogar eine Ziege als Dank schenken, aber die konnte sie ja schlecht mitnehmen. Petra stellte sich sehr geschickt an, um die Freunde nicht zu beleidigen. Selber hatten die Einwohner so gut wie nichts und trotzdem wollten sie teilen.

Die Menschen wussten sehr viel über Naturheilmittel, aber das reichte eben nicht immer. Antibiotika rettete oft Leben, aber das kannten viele Menschen dort noch nicht. Sie konnten es sich auch nicht leisten. Es gab noch sehr viel zu tun.

So flog Petra etwas traurig, aber auch freudig wieder in die Heimat. Am Flughafen wurde sie von ihren Verwandten begrüßt. Félix, der schon richtig groß geworden war, hielt seine Schwester Maya an der Hand. Petra hatte Maya noch nie gesehen. Sie kam zur Welt, als sie in Afrika weilte. Auch die Kleine wurde freudig umarmt, sie hatte blonde lange Haare wie ihre Mutter und wunderschöne blaue Kulleraugen. Es war so schön, wieder zu Hause zu sein.

Anne hatte den ganzen Haushalt übernommen, damit Carla und Hans ihren Lebensabend genießen konnten, sie versuchte die beste Hausfrau zu sein und Peter liebte sie dafür. Sie hatte eine große Aufgabe auf sich geladen, nicht alle Menschen verstehen, dass das mit viel Stress verbunden ist. Sie klagte nie, sie gab einfach zurück, was sie einst bekommen hatte... Liebe.
Leider war der Hund Rex nicht mehr am Leben, er hatte unheilbaren Krebs bekommen. Für alle war es schrecklich gewesen, ihn leiden zu sehen. Nun war er im Hundehimmel und wurde von der ganzen Familie sehr vermisst.

Die Nachbarn besaßen eine Katze, die Junge bekommen hatte und die Nachbarin hatte den beiden Kindern eine kleine Katze versprochen. Sie hatten sie selbst aussuchen dürfen, das war eine Aufregung gewesen. Félix hatte einen kleinen Tiger ins Herz geschlossen und seine kleine Schwester Maya hatte sich in ein weiß geflecktes Kätzchen verliebt, sie nannte sie Fleckchen. Die Kinder spielten gerne mit ihren Katzen, natürlich mussten sie auch selber daran denken, wenn es Zeit war, ihnen ihr Fressen zu geben. Ein Schreiner hatte am Fenster eine Klappe angebracht, so konnten die Tiere kommen und gehen, wie es ihnen gefiel. Sie wurden auf jeden Fall nach Strich und Faden verwöhnt von den Kindern.

Das Weihnachtsfest nahte wieder. Das Fest der Liebe.

Petra hatte inzwischen ein Album mit Weihnachtsliedern aufgenommen, darauf war auch ein Lied, bei dem Peters Kinder mitsangen. Sehr lange hatte sie es mit den Kindern einstudiert. Die CD war einfach schön geworden. Auch Anne war begeistert davon, die zarten Stimmen ihrer Kinder zu hören, brachte ihr eine Gänsehaut. Sie verkauften die CD für das Projekt in Afrika, mit riesengroßem Erfolg.

Auch Anne hatte eine Idee umgesetzt. Sie hatte ein Parfüm kreiert, es duftete nach Rosen, die Rosenblätter hatte sie aus Omas Garten. Sie nannte es „Love." Einen anderen Namen konnte sie nicht nehmen, der hätte nicht gepasst. Ihre Oma hatte auch immer eine Schale mit Rosenblättern auf der Fensterbank stehen gehabt. Das Parfüm war klasse, allein das Flacon konnte sich sehen lassen, es war verziert mit Gold und einem Regenbogen. Auch von diesem Erlös ging ein Teil an die hungernden Kinder nach Afrika und an ihre Stiftung.

Alexander kam wie versprochen an Weihnachten nach Hause, er hatte Petra, seine Heimat und alle sehr vermisst.

Das Fest war wie immer wunderschön. Es hatte sogar etwas geschneit, eine herrliche Weihnachtsstimmung. Sie waren alle zusammen in die Mette gegangen und hatten sämtliche Weihnachtslieder mitgesungen. Zu Hause hatten sie eine Krippe aufgestellt und einen Weihnachtsbaum geschmückt mit roten und goldfarbigen Glaskugeln. Auch kleine Engel fehlten nicht und die vielen Kerzen ließen den Baum zauberhaft glitzern.

Am anderen Morgen tobten Félix und Maya im Garten im Schnee herum, sie bauten einen Schneemann, dem sie zum Schluss einen alten Hut von Opa aufsetzten. Er sah richtig cool aus. Die Kätzchen, Fleckchen und Tigerli, schnupperten herum. Schnee hatten sie noch nie gesehen, es war lustig zuzuschauen, wie sie herumtapsten. Anne sah lächelnd zum Fenster hinaus und dachte im Stillen: Was für glückliche Kinder wir doch haben...

An Silvester wollte sie eine Überraschungsparty im Haus am See organisieren. Sie hatte, ohne dass jemand etwas davon bemerkte, dort alles hergerichtet: den ausziehbaren Tisch gedeckt mit dem schönen Porzellan von ihrer Großmutter, Girlanden aufgehängt und die Haustür mit einem selbstgebastelten Kranz geschmückt. Bei einem bekannten Partyservice hatte sie das Essen bestellt. Getränke für Groß und Klein standen parat. Die ganze Familie war freudig überrascht als Anne am Nachmittag alle zusammenrief und mitteilte, dass am See gefeiert würde. Das Kaminfeuer war schon angezündet, sodass eine wohlige Wärme die Familie empfing.
Es gab noch eine weitere Überraschung.
Anne hatte die Eheleute eingeladen, welche sie auf Hawaii während ihrer Hochzeitsreise kennengelernt hatten. Die Meiers waren gerne angereist, man hatte sich so lange nicht mehr gesehen. Sie freuten sich sehr, sie hatten auch ihre Tochter mitgebracht, die war ein Jahr jünger als Félix.
Nach der Begrüßung nahmen alle Platz am runden Tisch. Das Essen schmeckte vorzüglich. Zum Nachtisch gab es für alle eine

feine Coupe Dänemark mit heißer Schokolade und köstlichen selbstgebackenen Plätzchen. Die Kinder gingen nachher in ein anderes Zimmer und spielten mit Memo-Karten und Lego-Steinen.

Die Freunde hatten sich eine Menge zu erzählen, es war auch schon sehr lange her, dass sie auf Hawaii waren. Die anderen hörten aufmerksam zu und stellten so manche Frage.

Alexander konnte es nicht lassen, er erzählte immer die erstaunlichsten Storys, die nicht immer der Wahrheit entsprachen, er wurde aber dabei immer erwischt und dann lachten alle...

Als die alte Standuhr zwölfmal schlug, wünschten sich die Freunde und Familien ein gutes Neues Jahr und prosteten sich zu.

Die Nacht war sternenklar und sie konnten das Feuerwerk bewundern, das an verschieden Orten überm See in allen Farben leuchtete. Anne meinte dann immer, es sei die reinste Geldverschwendung. Vor allem die Tiere litten unter dem lauten Geknalle sehr. Trotzdem, ihre Silvesterparty war ein gelungenes Fest. Das neue Jahr konnte beginnen...

Die Schneeglöckchen streckten ihre Köpfchen schon aus der Erde. Der Schnee war geschmolzen. Der kalte lange Winter machte dem Frühling Platz. Es war jedes Jahr wie ein Wunder, wenn die Natur wieder zum Leben erwachte. Eigentlich hat jede Jahreszeit ihren besonderen Reiz!

Oma Clara fühlte sich nicht so wohl, sie sagte allerdings immer: „Es ist nichts."
Anne rief vorsorglich den Arzt, der stellte fest, dass ihre Schwiegermutter einen leichten Herzinfarkt erlitten hatte und ließ sie sofort ins Spital überführen. Die Ärzte taten alles menschenmögliche, aber es ging ihr gar nicht gut. Sie hatte auch noch eine schwere Lungenentzündung bekommen. Peter ging jeden Tag ins Spital zu Besuch, er machte sich große Sorgen um seine Mutter. Ein paar Tage später starb Clara.
Es war so traurig und ein schwerer Schlag für alle.

Hans konnte den Tod seiner geliebten Frau nicht überwinden, er saß nur noch am Fenster und starrte in den Garten. Wenn die Kinder zu ihm kamen und ihm eine Geschichte vorlasen, dann lächelte er ein wenig. Auch wenn die Katzen kamen, streichelte er sie. Er konnte fast nichts mehr essen, er sagte dass er nicht schlucken könnte. Der Arzt gab ihm ein Medikament, es half aber nicht.
Anne tat alles, was sie nur konnte für ihren geliebten Schwiegervater, aber sein Herz war schon lange angegriffen. Sie gab sich große Mühe mit der Pflege, aber eines Morgens fand sie ihn tot im Bett. Ein Engel hatte ihn zu seiner Clara geholt. Anne er-

schrak zutiefst. Es war ein Drama. Zwei geliebte Menschen waren gestorben im neuen Jahr. Die Trauer war unermesslich groß.
Sehr viele Menschen kamen zum Friedhof, um den verstorbenen Hans Dewo auf seinem letzten Weg zu begleiten. Sie trauerten mit der Familie, genauso wie sie es auch bei Oma Clara getan hatten. Die Kinder legten nach der Trauerfeier eine rote Rose auf die Grabstätte, als Zeichen der Liebe.

Das Haus war so leer geworden ohne die beiden lieben Großeltern, sie hatten eine große Lücke hinterlassen. Aber vergessen würden sie nie werden.
So ist das im Leben, man wird nicht gefragt. Gott hat das Leben gegeben und Gott hat es genommen.

Anne fand es an der Zeit, mal wieder auszuspannen, im Haus am See. Ihre Kinder waren ja schon fast erwachsen und so vernünftig. Auf sie war Verlass, sie konnten jederzeit anrufen und außerdem waren sie nicht alleine in der Villa.

Petra und Alexander waren ja auch noch da. Petra hatte ein paar Konzerte absagen müssen, sie war so zerbrechlich schmal geworden. Pause war auch bei ihr bitter nötig. Sie vermisste ihre Eltern sehr, die so viel Gutes getan hatten. Sie musste das annehmen, genau wie die anderen Familienmitglieder, es blieb ihnen einfach nichts anderes übrig.

Anne und Peter genossen das Leben in dem kleinen Haus, sie kamen sich vor, wie ein frisch verliebtes Paar. Peter las seiner Anne jeden Wunsch von den Augen ab. Sie waren immer noch verliebt wie am ersten Tag. Immer hatten sie großen Respekt voreinander gehabt, nie gab es Streit. Sie wussten eben, wie wertvoll das Leben war.

Oft ruderten sie mit dem kleinen Boot auf den See hinaus und sahen einfach dem Wasser zu, wie es glitzerte und Wellen schlug und manchmal sah man Fische hoch springen. Die Enten ließen sich auf dem Wasser treiben. Möwen segelten durch die Lüfte und ab und zu hörte man ein ankommendes Schiff tuten, damit es freie Bahn zum Hafen hatte.

Nicht weit vom Haus hatte ein Schwanenpaar mit dem Nestbau begonnen, ziemlich nahe am Ufer. Das Männchen brachte die Zweige herbei und das Weibchen fertigte das Nest an. Dieses Jahr hatte das Weibchen fünf Eier gelegt. Nach etwa sechs Wochen würden die Jungen schlüpfen. Es war jedes Mal eine Freude zuzusehen, wie die jungen Schwänlein aus den Eiern herausbrachen. Oma hatte Anne viel über Schwäne beigebracht, als sie noch klein war. Viele Menschen begehen den Fehler, die Schwäne zu füttern. Auf gar keinen Fall darf man Brot ins Wasser werfen, denn das zieht die Ratten an und diese vergreifen sich auch gerne an jungen Baby-Schwänen oder fressen die Eier, wenn der brütende Schwan mal kurz das Nest verlässt, um nach Fressen zu tauchen. Schwäne ernähren sich von Algen und Insekten. Sie fressen auch Gras, wenn sie mal am Ufer spazieren mit ihren Jungen. Daher haben sie eigentlich immer genügend Nahrung und bedürfen keiner Fütterung.

Ein Schwanenpaar bleibt ein Leben lang zusammen. Sie können zwanzig bis fünfzig Jahre alt werden, fast nicht zu glauben. Allerdings jagen die Eltern ihre Jungen nach dem Winter fort, damit die sich ein eigenes Quartier suchen.

Eigentlich gemein, aber bei den Menschen gehen die Kinder auch ihre eigenen Wege, wenn sie erwachsen sind. Das ist oft sehr schwer, loslassen zu müssen. Wer weiß, was die Schwanenfamilien sich zu sagen haben, wenn sie sich mal wieder treffen, das Geschnatter versteht leider kein Mensch. Stirbt ein Schwanenpartner, dann bleibt der andere für immer allein!

Peter hatte einmal einen Schwan befreien müssen, der sich mit den Füssen in einer Anglerschnur verfangen hatte und nicht mehr weg kam. Anne schaute zu, wie der andere Schwan hin und her schwamm vor Aufregung. Als Peter die Befreiung geglückt war, schwammen beide selig davon.

Peter war etwas nass geworden, er meinte damals nur lachend, dass er nun ja nicht mehr duschen müsse.

Manchmal kamen ein paar Freunde zu Besuch, dann saßen alle unter dem Tannenbaum am Holztisch im Schatten, waren fröhlich und scherzten, so als wäre die Zeit stehen geblieben und hätte keine Spuren hinterlassen.

Irgendwann fand Anne beim Aufräumen in einer Schublade Malutensilien, teilweise vertrocknet, aber sie übte ein wenig damit.

Als Peter zwei Tage geschäftlich nach Wien musste, stellte sie draußen eine Staffelei auf und fing an, das Kornfeld zu malen. Die Ähren wiegten sich sanft im Wind und das Feld war übersät mit feuerroten Mohnblumen. Eine Pracht für das Auge.

Als sie mit dem Malen angefangen hatte, kam es ihr vor wie an dem Tag, als ihr Mann gerade dort abgestürzt war. Ihre Gedanken schlugen Wellen, sie tauchte ein in ein ungewohntes neues Erlebnis. Sie war wie elektrisiert von ihrer Arbeit.

Als Peter von seiner Reise zurück war, kam er aus dem Staunen nicht mehr heraus. Er sah ein Gemälde, das aussah wie von ʽMonetʽ gemalt. Nur einen kleinen Unterschied hatte das Bild, oben zwischen den Wolken sah man ein kleines Flugzeug. Anne suchte einen passenden Rahmen aus für ihr Bild, das sie dann ihrem Liebsten schenkte. Es bekam einen Ehrenplatz an der Wand vor seinem Schreibtisch. Jeder Kunde bewunderte das Kunstwerk und wollte es Peter abkaufen. Der schüttelte dann immer lächelnd verneinend den Kopf und teilte mit, dass dieses Bild unbezahlbar sei.

Eines Tages kam Maya ganz aufgeregt aus der Schule und erzählte, dass ihre beste Freundin Heidi verschwunden sei.

Anne war entsetzt darüber, sie kannte Heidi und ihre Eltern sehr gut. Sie rief sofort bei den Eltern an und fragte, ob sie helfen könne. Heidis Mutter war außer sich, ihr Kind war einfach am Abend nicht nach Hause gekommen. Die Polizei war eingeschaltet, aber sie hatten kein Lebenszeichen von ihr.

Am selben Tag ging ein Mann zur Kirche und verlangte ein Beichtgespräch. Der Pfarrer kannte ihn gut, denn er hatte schon oft mit ihm gesprochen über seine physischen Probleme. Rudi, so hieß der Mann, war schon häufig zur Beichte gekommen und hatte bei ihm Erleichterung und Vergebung gesucht, für ganz unterschiedliche Situationen. Dieses Mal war es anders. Er erzählte, dass er ein Kind entführt hätte, aber er wollte nicht sagen, wo er das Mädchen versteckt hielt. Der Pfarrer hatte schon von Heidis Verschwinden gehört. Nun war er hin und her gerissen. Er war eigentlich an das Beichtgeheimnis gebunden. Aber in diesem Fall entschloss er sich anders zu handeln. Es ging um ein unschuldiges Kind!
Zuerst schrieb er eine Nachricht für die Polizei und legte diese zur Sicherheit gut sichtbar auf seinen Schreibtisch. Er bekreuzigte sich. Dann stieg er auf sein E-Bike und fuhr zur Adresse des Mannes. Er schlich um das Haus herum. Der Pfarrer hoffte, dass er irgendetwas Verdächtiges finden würde, er wollte Heidi helfen. Ob sie im Haus versteckt war, das wusste er nicht, aber eine innere Stimme sagte ihm, dass er sich nicht irrte. Hinter dem Haus sah er, dass ein schmales Kellerfenster mit irgendeiner dunklen Decke verhangen war. Er dachte sofort, dass der Mann das Mädchen dort gefangen hielt und versuchte, das Fens-

ter zu öffnen. Das ging jedoch nicht und einen Sinn hätte es auch nicht gehabt, denn er hätte sich nie im Leben dadurch zwängen können.

So ging er zur Haustür und läutete. Rudi öffnete, er schaute etwas dämlich, denn er hatte nicht erwartet, dass der Pfarrer irgendetwas unternehmen würde.

„Wo um Himmelswillen ist die Heidi?", fragte er in einem scharfen Ton.

Der Mann erschrak und sagte, dass er keine Ahnung hätte. Der Pfarrer ließ sich nicht entmutigen, er suchte die Tür zum Keller. Aber dann bekam er einen Schlag und stolperte. Er konnte sich im letzten Moment noch am Türrahmen festhalten, dann packte ihn die Wut! Er nahm einen Stuhl, der ihm am nächsten stand und schlug Rudi damit nieder, es krachte als der Stuhl auseinanderfiel. Dann kramte der Pfarrer sein Handy hervor und rief die Polizei.

Sie fanden Heidi im Keller, sie saß ganz verstört auf einem alten Liegestuhl. Eine Polizistin umarmte Heidi und nahm sie mit zu ihren Eltern. Zum Glück war sie körperlich in Ordnung, aber Rudi hatte das Kind geküsst, ihm seine Zunge in den Mund gesteckt und verlangt, dass Heidi den Reißverschluss seiner Hose aufmachen solle. Das alles war für Heidi jedoch so ekelhaft gewesen, sie verstand die Welt nicht mehr und bekam einen Schreikrampf.

Das erschreckte Rudi, er ließ das Kind dann vorerst in Ruhe. Dank des Pfarrers, der sofort handelte, hatte die Entführung von Heidi nicht sehr lange gedauert.

Rudi wurde von den Polizisten in Gewahrsam genommen. Er

hatte eine große Beule am Kopf, das Werk des mutigen Kirchenmannes.

Die Leute in der ganzen Stadt waren geschockt und erstaunt... Heimlich nannten sie ihren Pfarrer nun bewundernd `Don Camillo`.

Nun würde Rudi sein ganzes Leben nicht mehr frei herumlaufen können, sollte nicht ein Gericht entscheiden, dass irgendwann auch dieser Triebtäter auf freien Fuß gesetzt werden könne. Doch davon ging hier niemand aus.

Heidis Mutter hatte Anne informiert und gefragt, ob sie und Maya vorbei kommen könnten, das würde ihrer Tochter und ihr selber sehr helfen. Für Anne war das selbstverständlich, die beiden machten sich sofort auf den Weg. Es ist immer toll, wenn man gute Freunde hat, die wirklich da sind, wenn man sie braucht, die mit einem reden und einen trösten.

Heidi blieb noch ein paar Tage zu Hause, dann ging sie wieder zur Schule. Sie vergaß natürlich nicht zur Kirche zu gehen, um dem Herrn Pfarrer persönlich zu danken. In der Kirche stand sie vor dem kleinen Muttergottesaltar, zündete viele Kerzen an, sprach ein Ave Maria und betete zu Gott, dass sie ihre Kraft und Fröhlichkeit wiederfände.

Viele Leute sagen immer: „Die Zeit heilt alle Wunden".

Doch die Zeit heilt nicht, alles rückt nur etwas von einem weg, aber vergessen kann man es nicht, egal was es ist. Man muss selber seinen Frieden wieder finden.

Heidi hatte Glück, dass sie so gute Eltern hatte, die alles taten, damit das Geschehene ihre Tochter nicht zu sehr belastete. Auch Maya ging nun öfters ihre Freundin besuchen. Dann stöberten sie zusammen in alten Spielsachen, die noch wie neu aussahen. Sie beschlossen, alles, was sie entbehren konnten, in eine Kiste zu packen und nächstens Freunden mit zu geben, die nach Afrika flogen. Sie fragten sogar in der Schule die anderen Kinder. So kamen sehr viele schöne Sachen und auch Kleider zusammen. Die armen Kinder würden sich freuen.

Maya und ihre Freundin Heidi gingen nun oft zusammen spazieren oder schwimmen, sie waren unzertrennlich geworden. Als sie alt genug waren, gingen sie auch zu verschiedenen Festen. Aus den zwei Freundinnen waren hübsche Mädchen geworden. Die jungen Männer standen Schlange, um mit ihnen tanzen zu dürfen. Es machte einfach Spaß. Und bei solchen Festen verging die Zeit unheimlich schnell. Ein junger Bursche bot den Freundinnen an, sie nach Hause zu fahren, als es Zeit war zu gehen.

Sie wussten, dass ihre Eltern das nicht gerne sahen, aber sie waren so fröhlich und hatten ihre Scheu vergessen. Zuerst fuhr der junge Mann Heidi bis vor die Haustür. Als Maya auch aussteigen wollte, meinte er das sei nun wirklich kein Problem. Er fuhr los und parkte am Friedhofsplatz, er beugte sich rüber zu Maya und küsste sie auf die Wange. Sie ließ es geschehen und wollte nun aussteigen, denn sie hatte nur noch ein paar Schritte zu gehen. Aber sie konnte die Autotür nicht öffnen. Sie erschrak, sagte, dass sie nun aber müde sei und nach Hause wolle. Das war ein frommer Wunsch, denn das Wort NEIN, kannte dieser Bursche anscheinend nicht.

Ihr kamen die Worte ihrer Oma in den Sinn:

„Wer sich in Gefahr begibt, kommt darin um!"

Eigentlich war er doch ein ganz netter junger Mann, sie versuchte irgendwas zu plaudern, aber der Unbekannte war plötzlich über ihr, er drückte sie in den Sitz, den er noch schnell nach hinten kippte und vergewaltigte sie. Sie hatte keine Chance, er war stärker. Ihre Schreie gingen unter in der dunklen Nacht. Die Toten in den Gräbern konnten ihr auch nicht helfen. Als er von ihr abließ, öffnete er automatisch die Autotür.

Maya stolperte aus dem Wagen. Die junge Frau hatte Todesangst. Irgendwie kam sie dann ins Haus und ungesehen auf ihr Zimmer. Im Spiegel schaute ihr eine Fremde entgegen. Maya duschte das Blut von ihrem Körper. Weinen konnte sie nicht, sie war wie erstarrt.

Irgendwann schlief Maya ganz erschöpft ein, von schlimmen Träumen verfolgt. Am Morgen fror sie entsetzlich, darum streifte sie einen Pulli über.

Das war auch gut, denn so konnte niemand die Hämatome an ihren Armen und am Hals sehen und deswegen Fragen stellen. Alle dachten, dass sie sich erkältet hätte und mahnten zur Vorsicht. Sie bekam Tee von ihrer Mutter und ein Aspirin. Als ob das die Wunde in ihrem jungen Herzen hätte heilen können... Doch woher hätte ihre Familie ahnen können, was in ihr vorging?

Sie erzählte niemanden etwas davon, sie schämte sich unendlich, dass sie so naiv gewesen war. Ihr war auch schlecht, erst jetzt überlegte sie, dass man ihr wahrscheinlich etwas in ihren Saft gemischt hatte. Nichts, aber auch gar nichts war daran zu ändern. Maya tat nun wirklich so, als ob sie Grippe hätte und war froh, dass man sie in Ruhe ließ. Es brauchte einfach etwas Zeit, bis sie sich einigermaßen erholt hatte.

Die junge Frau erwachte oft nachts schreiend und schweißgebadet aus ihren schlimmen Träumen, die sie nun verfolgten. Das Vertrauen in fremde Menschen hatte sie verloren.

Félix hatte sich zu einem richtig schönen jungen Mann gemausert. Er hatte die Schule mit der besten Note abgeschlossen. Sein

Vater hätte es natürlich gerne gesehen, wenn er auch ins Modegeschäft eingestiegen wäre. Félix aber hatte sich nie richtig dafür interessiert.

Er war ja noch so jung, er konnte sich nicht entscheiden, mit was er seinen Lebensunterhalt verdienen wollte.

„Vielleicht werde ich mal Lehrer", hatte er früher immer gesagt.

Nun hatten Freunde der Familie ihn nach Australien eingeladen.

Nach einer Familien-Versammlung waren alle der Meinung, dass Félix sich dieses Angebot auf gar keinen Fall entgehen lassen durfte. Er hatte selber ein wenig Geld gespart, hatte gekellnert in einem Restaurant, während seine Freunde in die Disko gingen. Ihm lag einfach nichts daran, sich jedes Wochenende bei überlauter Diskomusik den Kopf volldröhnen zu lassen und er hasste das Rauchen und Trinken, was aber viele seine Kameraden taten. Peter und Anne war das nur recht gewesen, sie waren richtig stolz auf ihren großen Sohn.

Schon bald bestellte Félix ein Ticket für den Flug nach Australien. Der Tag der Abreise rückte immer näher.

Maya sagte: „Aber Brüderchen, du wirst doch keine Flugangst haben!"

Er meinte, dass er vor Freude in die Luft springen könnte, Angst sei für ihn ein Fremdwort. Das war ein wenig untertrieben. Die Familie begleitete ihn zum Flughafen. Anne musste weinen, als sie ihren großen Jungen zum Abschied in die Arme nahm. Félix lachte und meinte, dass er ja nicht ewig fort wäre. Ein letztes Winken und er verschwand Richtung Ausgang zum Flugzeug.

In Australien wurde er schon von Lucille Blanc erwartet, der Tochter von den Bekannten der Familie. Beide kannten sich natürlich schon durch das Internet. Lucille winkte mit beiden Armen als sie Félix erblickte. Sie nahm seine Hand und zusammen holten sie das Gepäck ab.

Lucille war mit einem Geländewagen gekommen. Sie verstauten die Koffer und fuhren los. Unterwegs erzählte sie so einiges über die Farm nahe der Hauptstadt Canberra, so vergingen die zwei Stunden Anfahrt ziemlich schnell.

Zum ersten Mal sah Félix einige Kängurus über eine Wiese hüpfen. Schnell machte er ein Foto mit seinem Handy. Das schickte er Maya, mit den Worten:

Ich hüpfe schon auf der anderen Seite der Erde....
Liebe Grüße und Küsse an alle..

Maya lächelte daheim und gab die Neuigkeit gleich weiter.

Ab und zu hielten die beiden an, um die Landschaft zu bewundern und ein Schluck Wasser zu trinken.

Félix war sehr beeindruckt von Lucille und natürlich von der neuen Umgebung. Obschon es nun Nacht war in Europa, war er absolut nicht müde.

Die Farm war mit Bäumen umrahmt, so gab es einige Schattenplätze. Lucille zeigte ihm sein Studio, das einen separaten Eingang hatte. Das Studio war immer für Gäste reserviert. Sie servierte Tee und Pavlova, eine sehr feine Kuchenspezialität.

„Wenn du magst, zeige ich dir einen Teil von unserer Farm", sagte Lucille, nachdem sie ihren Durst gelöscht hatten.

Natürlich wollte Félix sich alles ansehen und zum zweiten Mal fuhren sie mit dem Geländewagen los. Der Junge kam aus dem Staunen nicht mehr heraus, alles war so riesig, es hatte sich die Farm irgendwie anders vorgestellt. Auch fand er, dass Lucille ein außergewöhnlich schönes und kluges Mädchen war. Als er ihr das sagte, huschte eine leichte Röte über ihr Gesicht, sie meinte, dass er nun genug gesehen hätte und wendete Richtung Farm. Die Sonne würde ja bald untergehen und dann versammelten sich die Familie und alle Angestellten zum Barbecue.

Félix begrüßte herzlich seine Gastgeber, Lyn und Jake.
Als alle anderen versammelt waren, wurde gegessen. Er musste dann erzählen, wie es seiner Familie in der Schweiz so erging, er richtete die Grüße aus und überreichte der Familie ein Geschenk, das Anne mitgegeben hatte. Es war ein kleines selbstgemaltes Bild von dem Haus am See. Lyn und Jake bewunderten es sehr. Die Freunde wussten gar nicht, dass Anne so gut malen konnte. Lyn wollte das Bild sofort aufhängen, sie fand einen Platz im Eingang neben dem großen Spiegel, dort war es nicht zu übersehen und fand die Bewunderung, die es verdiente.
Es war etwas kühler geworden und die Leute gingen langsam in ihre Zimmer, um sich schlafen zu legen. Der Wecker läutete schon früh auf der Farm... Das heißt, es krähte ein Hahn wie wild, bis die Hühner und die Leute alle wach waren. Aber zuerst war Nachtruhe angesagt.

Auch Félix merkte nun den Jetlag und wünschte gute Nacht, nicht, ohne das schmackhafte Essen zu loben. Lucille rief ihm zu, dass er etwas Schönes träumen sollte, denn jeder erste

Traum, den man in einem fremden Land träumt, würde in Erfüllung gehen!

Ihr Vater sagte lachend: „Das stimmt, ich träumte von Schafen und du siehst ja was daraus geworden ist."

Am Morgen schien die Sonne wieder erbarmungslos vom Himmel. Félix erwachte erst um acht Uhr. Er duschte und zog frische Kleider an. Lucille erwartete ihn schon mit einem feinen Frühstück. Sie hatte den Tisch unter dem Macadamia-Nussbaum gedeckt. Alle anderen Familienmitglieder waren schon auf der Farm mit ihrer Arbeit beschäftigt.

Félix erwähnte nichts von dem Traum, den er geträumt hatte und war sehr froh, dass sie ihn nicht danach fragte, denn er hatte von ihr geträumt. Es wäre ihm etwas peinlich gewesen, es zu sagen. Das Frühstück schmeckte ihm ausgezeichnet. Auch eine Schale mit Macadamia-Nüssen zierte den Tisch.

Lucille erzählte, dass diese gesunden Nüsse eine wertvolle Nahrungsquelle der Ureinwohner Australiens seien. Die Aborigines nannten die Frucht „Kindal Kindal".

Allerdings konnte man die Nüsse kaum mit einem herkömmlichen Nussknacker öffnen. Félix meinte, dass der Name „Königin der Nüsse" besser passe, da sie ihm so gut schmeckten. Er half beim Abräumen und dann hatten beide vor, mit den Pferden auszureiten. Auf diese Art und Weise war es noch viel schöner, all das Neue zu bewundern. Sie wollte ihm unbedingt die Schafe zeigen, die auf der Farm gezüchtet wurden. Sie konnten beobachten, wie ein Schaf in freier Natur zwei Junge bekam. Félix hatte so etwas noch nie live erlebt. Es war erstaunlich, dass sich die Lämmchen sofort nach der Geburt auf die noch wackligen

Beine stellten. Einfach bewundernswert.

Lucille hatte Ferien und sie hatte noch viele Überraschungen auf Lager. Also plante sie, den nächsten Tag mit Felix in der Luft zu verbringen, ihm alles zu zeigen aus der Perspektive des Sportflugzeugs. Sie war natürlich auch etwas stolz, dass sie schon selber fliegen konnte. In Australien besaß fast jeder Farmer ein kleines Flugzeug, denn das Land war weit.

In der Schweiz ging die Sonne einige Stunden später auf als auf dem anderen Kontinent. Es sah aus, als würde es ein schöner Tag werden.

Maya war als Erste in der Küche, um Kaffee aufzubrühen, sie vermisste ihren Bruder jetzt schon. Sie wollte heute die Dewo-Fabrik besuchen, sie war dort zu einer Modenschau eingeladen und dachte, dass es nicht schaden könnte, sich nach einem neuen Kleid umzusehen. Sie lief meistens in Jeans und T-Shirt herum. Eigentlich war sie nicht oft dort gewesen, nur gelegentlich mal mit ihrem Vater, der ihr alles gezeigt hatte. Ihre Mutter fand die Idee gut und wollte auch mitfahren. Anne hatte schlecht geträumt. Sie sah immer wieder eine schwarze Rose, die jemand ihr geben wollte. Der Traum hatte ihr die Luft fast genommen. Was sollte das nur bedeuten? Abergläubisch war sie nie gewesen, aber es kam ihr unheimlich vor. Sie ließ Maya ans Steuer, denn sie selber war noch müde.

Peter begrüßte beide zärtlich, er steckte mitten in der Arbeit, ließ es sich aber nicht nehmen, seine beiden `Frauen` zu der Modenschau in seiner Fabrik zu begleiten.

Alles lief gut. Viele Gäste bestellten Kleider, die Mode der Dewos war einfach, aber sehr vornehm gestaltet.

Maya gefiel ein blaues Kleid, sie war entzückt und klatschte Beifall, als das Model es vorführte. Ihr Vater hatte es bemerkt und reservierte das Kleid sofort. Er wollte es ihr zu ihrem Abschlussball schenken.

Hätte er nur gewusst, dass es das letzte Kleid war, das seine

Tochter aussuchte....

Auf der Heimfahrt passierte es. Es war ein Unglück, das nicht mehr rückgängig gemacht werden konnte. Ein Raser überholte Maya und ihre Mutter, er drängte sie von der Straße ab, das Auto überschlug sich und dann war es totenstill.

Anne schlug die Augen auf und sah den Airbag vor sich aufgeblasen. Ihr Blick erstarrte, als sie Maya sah, ein Baum war durch die Windschutzscheibe eingeschlagen und Maya war darin eingequetscht. Blut tropfte von ihrem Kopf und ihre Augen waren weit geöffnet, sie konnte nichts mehr sagen, sie war tot. Anne schrie ihren Namen, immer wieder und wieder, sie küsste ihre tote Tochter und schüttelte sie, erst die Sanitäter des Krankenwagens konnten helfen, sie gaben ihr ein Beruhigungsmittel. Nun saß Anne in eine Decke eingehüllt auf einem Baumstamm und sah zu, wie ihre Tochter aus dem Wagen gehoben und auf eine Bahre gelegt wurde. Man wollte Anne das ersparen, aber sie wollte es so.

Erst als Peter an der Unfallstelle eintraf, löste sich die Erstarrung und sie weinte bitterlich. Der Unfall ihrer Eltern war bestimmt auch tragisch gewesen, aber damals war Anne ein Kind und nicht dabei. Nun musste sie auf diese Weise ihr eigenes Kind Maya verlieren. Es war unfassbar.

Peters Schwester und ihr Mann regelten das Nötigste, was man eben so tun muss, wenn jemand gestorben ist. Sie schrieb auch den Lebenslauf von Maya, den wollte der Pfarrer bei der Trauerfeier vorlesen.

Peter telefonierte nach Australien, um die traurige Nachricht bekannt zu geben. Keine leichte Aufgabe. Jake war zutiefst bestürzt als Peter ihm alles erzählte. Lyn erfuhr von dem tragischen Unglück zuerst. Sie wussten nicht, wie sie diese Nachricht Félix beibringen sollten. Lucille kam ins Haus und merkte sofort, dass etwas geschehen war. Als Lyn es ihr sagte, weinte sie. Sie kannte Maya ja, hatte ihr schon viele E-Mails geschickt. Sie brauchte etwas Zeit bis sie ruhiger wurde, dann ging sie wortlos ins Gästestudio.

Félix saß gerade am Laptop als sie anklopfte. Sie umarmte ihn einfach und sagte, dass er jetzt stark sein müsste. Sie blieb bei ihm, bis er sich etwas gefasst hatte.

Er wusste nicht, was er tun sollte, eigentlich wollte er sofort wieder nach Hause fliegen. Dann fasste Lucille einen Entschluss. Sie sagte: „Ich komme mit dir."

Ihre Eltern waren auch der Meinung, dass sie das tun solle.

Am anderen Morgen fuhr Lyn die beiden zum Flughafen.

Nach fast vierundzwanzig Stunden Flug landeten sie in der Schweiz. Félix hatte unterwegs viel erzählt von seiner Schwester, die meiste Zeit aber saß er bedrückt da. Es war gut, dass Lucille mitgeflogen war. In Zürich stiegen sie in den Zug und waren dann nach einer guten Stunde zu Hause. Sie hatte unterwegs einen Strauß weiße Rosen gekauft, um der Familie ihr tiefstes Beileid zu entbieten.

Es war ein trauriges Abschiednehmen von Maya, die ihr Leben verloren hatte wegen eines Rasers ohne Gewissen.

Eine ganze Menge Blumen und ein Kerzenmeer leuchteten auf

dem Friedhof und es gab viele tröstende Worte von mitfühlen-
den Menschen und Freunden. Auch Heidi und alle Schulkame-
raden waren gekommen. Als der Geistliche über Mayas Leben
berichtete, musste Peter Anne stützen. Sie sah so zerbrechlich
aus in ihrem Leid. Anne legte als letzte Geste eine rote Rose auf
das Grab. Schweren Herzens verließen sie den Friedhof.

Es war gut, dass Lucille da war, sie konnte zwar nicht viel tun,
aber ihre Anwesenheit lenkte etwas von der Trauer ab, die überall im Hause spürbar war. Félix ging mit seinem Gast viel am
See spazieren und zeigte ihr alle Lieblingsplätze, die er und Maya so gemocht hatten. Anne zeigte ihr auch das Haus am See
und erzählte, was dort schon alles passiert war.
Freud und Leid liegen so nahe beisammen, das hatte sich wieder
einmal bewahrheitet.

Lucille gefiel das Haus sehr, sie konnte verstehen, dass die Familie immer dorthin ging, wenn sie Ruhe brauchte.

Anne schloss ein Zimmer auf, dort standen eine Menge Bilder herum. Alle waren von ihr signiert. Lucille konnte ein „Wow" nicht unterdrücken. Mit der Zeit hatten sich dort wahre Schätze angesammelt.

„Weißt du überhaupt, dass du den Menschen hier Kunst vorenthältst?", fragte sie. „Du musst eine Vernissage organisieren, unbedingt, ich werde dir dabei helfen!", rief sie voller Begeisterung, „die Bilder sind ja ein Vermögen wert!"

Nun waren die beiden Frauen immer so beschäftigt im Haus am See, dass Félix sagte: „Was treibt ihr denn bloß den ganzen Tag? Da kann man ja eifersüchtig werden."

Sie erzählten von ihrem Plan. Die ganze Familie fand, dass das keine schlechte Idee war.

„Sollen wir die Ausstellung mit der nächsten Modenschau verbinden?", fragte Peter. „Die Leute werden staunen und ganz bestimmt auch Bilder kaufen, genauso wie dein Parfüm, du bist ja eine richtige Geschäftsfrau geworden."

„Gute Idee!", entgegnete Anne und lächelte ihm etwas wehmütig zu. Sie fühlte sich schuldig am Tod ihrer Tochter, weil sie ihr das Steuer überlassen hatte. Dann dachte sie zurück an die letzte Modenschau, an ihre verstorbene Tochter und an das blaue Kleid, das Maya nun nicht mehr brauchte.

Die Gäste, die zur Modenschau kamen, waren total begeistert von den Kunstwerken, bald schon hing fast an jedem Bild ein kleines Schild: *Verkauft*.

Als Anne nachts mal nicht schlafen konnte, schlich sie ins Arbeitszimmer und malte ihre Tochter mit dem blauen Kleid, das diese sich damals ausgesucht hatte. Sie spürte plötzlich einen Luftzug im Zimmer und dann hörte sie Maya weinen... Ein heller Schein blendete Anne.

Sie fragte: „Liebes, bist du nicht glücklich in der Ewigkeit?" Aber sie erhielt keine Antwort, nur ein leises Summen war zu hören; es klang so unwirklich.

Am Morgen ging sie zum Friedhof, zündete eine Kerze an und betete inständig zu Gott, dass ihre Tochter den Frieden finden solle. Sie spürte förmlich, wie das Gebet ihr selber half.

Als Anne eines Nachts wieder an der Staffelei saß, sah sie wieder das helle Licht. Wie ein Stern, der sich verirrt hatte, so kam es ihr vor und ein Duft lag in der Luft, es roch nach Rosen, so wie ihre Tochter immer geduftet hatte.

Mayas Stimme flüsterte diesmal: „Danke, Mami, es ist unbeschreiblich schön hier, mach dir keine Sorgen, ich liebe dich so sehr und auch Papa und meinen Bruder, ich werde euch beschützen. Nun aber muss ich gehen..."

Anne schaute verzweifelt in das Licht, das nun langsam erlosch. Sie hatte nicht geträumt, Maya hatte mit ihr gesprochen. Andächtig stellte sie das nun fertige Bild an die Stelle auf das Büchergestell, wo sie das Licht gesehen hatte. Sie brauchte ein paar Minuten bis sie das Erlebte richtig begriffen hatte.

Dann ging sie die Treppe hoch, um sich schlafen zu legen. Unterwegs hörte sie leise Stimmen aus dem Zimmer ihres Sohnes. Lucille war bei ihm. Anne dachte, dass die beiden eigentlich gut zusammen passten. Félix hatte seine Schwester verloren und nun eine echt gute Freundin gefunden.

Peter schlief nicht, so erzählte sie ihm, was sie im Arbeitszimmer erlebt hatte. Sie schilderte ganz genau, wie sich alles zugetragen hatte. Ihre Augen hatten wieder etwas Glanz bekommen. Peter sah es mit leise Freude. Er strich eine Locke aus Annes Stirn und küsste sie zärtlich. Sie kuschelten sich eng zusammen und versuchten den erlösenden Schlaf zu finden.

Lucille musste wieder zurück nach Australien, denn die Schule wartete. Félix versprach, sie bald wieder zu besuchen. Die beiden hatten sich ineinander verliebt. Einfach so.

Lyn und Jake merkten sofort, dass ihre Tochter glücklich war, als sie wieder Heimatboden unter den Füßen hatte, obschon die Gewissheit Mayas tragischen Todes alles wie ein Schatten umgab.
Lucille rief in der Schweiz an und erzählte, dass sie noch weiter studiere, da sie Tierärztin werden wolle. Ein Schulfreund hätte das auch im Sinn, sagte sie. Félix erschrak etwas, denn er hatte gehofft, dass sie zu ihm in die Schweiz kommen würde. Er war ja so verliebt in sie und hatte Sehnsucht. Es musste doch einen Weg geben. Nun war er auch noch eifersüchtig auf diesen Schulfreund...
Er hatte einen Moment nicht richtig zugehört, sie erzählte gerade von einem Buschfeuer in der Gegend, aber die Feuerwehr hatte es schon nach zwei Tagen unter Kontrolle bekommen. Das kam immer wieder vor in Australien. Auch in der Schweiz im Kanton Tessin war ausgerechnet im Winter Waldbrandgefahr. Das konnte sich Lucille nun nicht vorstellen, aber es ist so, manchmal genügt eine weggeworfene Zigarette oder ein Blitzeinschlag. Oder Leute zündeten ein Feuer an, um eine Wurst zu grillen, löschen aber nachher die Glut nicht richtig. Oft ist es einfach nur Unachtsamkeit, die Waldbrände auslöst.

Félix wirkte die nächsten Tage etwas blass. Er hatte richtigen Liebeskummer, dazu kam noch, dass seine verstorbene Schwester ihm fast minütlich fehlte. Warum gibt es Menschen, die beim Autofahren keine Rücksicht nehmen? Maya könnte noch leben, wenn dieser Mistkerl aufgepasst hätte. Fast so etwas wie Wut machte sich neben der Trauer in ihm breit.

Die Polizei hatte ihnen mitgeteilt, dass der Todesfahrer Drogen im Blut hatte, er würde eine lange Gefängnisstrafe bekommen. Aber davon wurde Maya auch nicht wieder lebendig. Auch nicht davon, dass der Mann sich schriftlich bei der Familie entschuldigt hatte. Er schrieb, dass er nie wieder Drogen nehmen würde. Das war auch zu hoffen! Vielleicht hatte er nun etwas gelernt.
Anne hatte Félix zu sich gerufen, um ihm den Brief zu zeigen. Da erzählte sie ihm auch von der Erscheinung, die sie von Maya gehabt hatte. Sie sagte, dass es so wunderbar gewesen war, in Worten könne sie es nicht richtig beschreiben. Die Stimme von Maya hätte so überirdisch engelhaft geklungen.
Es war sehr tröstlich zu wissen, dass das Leben nicht vorbei war nach dem Tod.
Félix wusste plötzlich was er zu tun hatte, tun musste. Seine Gedanken überschlugen sich, er wollte zu Lucille... Denn ohne sie konnte er nicht mehr leben, es war wie ein unsichtbares Band, das sie miteinander verknüpfte. Er redete mit seiner Mutter darüber.
Anne wollte nur das Beste für ihren Sohn, sie schätzte Lucille sehr, aber sie meinte, dass er dann so schrecklich weit entfernt sei. Anderseits wusste sie ja aus eigener Erfahrung, dass man nichts tun konnte, wenn das Feuer der Liebe im Herzen entzündet war.

Beim Abendessen erfuhr auch Peter von den Plänen. Er nickte zustimmend. Sein Sohn würde schon die richtige Entscheidung treffen.

Wahrscheinlich würde aus dem Lehrerberuf, den er angestrebt hatte, nichts werden, aber da Félix die Natur so liebte, lag es doch nahe, dass er sich umschulen lassen wollte. Das würde zwar etwas dauern, aber bis dahin hatte Lucille sicher ihren Titel als Tierärztin. Schon am anderen Tag ging er zu seinem Professor, damit der ihm zu einer guten Schule raten konnte. Ein ganzes Jahr würde eine Umschulung /Ausbildung dauern, ein langes Jahr ohne sie. Aber der Entschluss stand fest, er wollte das schaffen. Am Abend erhielt Lucille die erklärende E-Mail, mit einer langen in schönen Worten gefassten Liebeserklärung. Sie konnte nicht sofort antworten, sie saß vor ihrem Computer und weinte Freudentränen. Das hatte sie sich tief im Herzen gewünscht. Dann schrieb sie klopfenden Herzens zurück: „Ja, Liebster, ich warte auf dich und ich liebe dich auch!"
Nun mussten beide noch viel lernen, denn ohne Beruf wollten sie nicht dastehen.

Das Jahr verging wie im Fluge. Félix hatte sein Examen bestanden als diplomierter Farmer. Es hatte ihm richtig Spaß gemacht. Auch Lucille hatte ihr Diplom eingerahmt an der Wand hängen. Lyn und Jake freuten sich riesig. Nun stand der Hochzeit ihrer Kinder nichts mehr im Wege. Félix hatte sein Ausreisevisum und alle nötigen Papiere schon lange im Gepäck.

Lucille hatte ein Hochzeitskleid bei Anne bestellt, diese durfte das aber ihrem Sohn nicht sagen, es sollte ja eine Überraschung werden. Sie hatte sich ein Traumkleid im Katalog der Dewo-Kollektion ausgesucht. Anne und Peter wollten mit Félix mitfliegen und das Hochzeitskleid überbringen.

Klar, wollten sie dabei sein, wenn ihr Sohn heiratete.

Auf der Farm in Australien wurde nur noch von dem bevorstehenden Fest geredet. Alles war soweit bereit. Es fehlten nur noch der Bräutigam, das Brautkleid und natürlich die Gäste. Im Garten hatten Lyn und Jake einen großen weißen Bogen aus Holz anfertigen lassen, der war ganz mit lachsfarbenen Kletterrosen geschmückt, darunter würden die zwei Verliebten sich das Jawort geben in Anwesenheit eines Pfarrers und vieler guter Freunde. Stühle und Tische mit weißem Stoff bespannt standen in Reih und Glied bereit. In der Mitte war ein roter Teppich ausgerollt. Alles war noch extra eingehüllt, damit nichts staubig wurde. Zwei Freundinnen hatten versprochen, am Hochzeitstag Fotos zu machen. Alles war bis ins kleinste Detail geplant. Lucille konnte es kaum erwarten, sie wurde immer aufgeregter, je näher der Termin rückte.

Ihr Hochzeitsgeschenk für ihren zukünftigen Mann stand im

Stall: ein wunderschönes Pferd. Félix würde staunen. Sie freute sich unheimlich darauf, sein Gesicht zu sehen.

Das Flugzeug mit den Schweizern landete pünktlich.
Zwei Tage später wurde die Hochzeit gefeiert. Lucille sah wunderschön aus, das Kleid passte wie angegossen.
Félix bekam Tränen in die Augen, als er sie am Arm ihres Vaters auf sich zukommen sah. Sie schwebte dahin und strahlte schöner als die Sonne.
Sie trug außer dem Verlobungsring, den Félix ihr geschickt hatte, keinen Schmuck. Die lange Schleppe am Kleid war aus St. Galler Spitzen und in ihren kunstvoll aufgesteckten, fast schwarzen Haaren hatte sie weiße Blümchen mit je einer Perle festgesteckt. Ihr Brautstrauß war eine Pracht aus weißen Orchideen. Ein staunendes Raunen hörte man von den Gästen und das kleine Orchester spielte zuerst den traditionellen Hochzeitsmarsch, später das „Ave Maria" von Schubert. Félix hatte nur Augen für seine „Märchenfee", wie er Lucille oft nannte.
Alle lauschten den freundlichen Worten, die der Herr Pfarrer sprach und beteten mit ihm, dass Gott das Paar das ganze Leben segnen und beschützen solle. Die Band spielte leise einen wundbaren Love-Song, der extra für das junge Paar komponiert worden war. Die Zeremonie ging dem Ende zu und der Bräutigam küsste zärtlich seine Braut. Die Gäste klatschten. Eine Menge farbige Luftballons flogen gegen Himmel. Nun wurde getanzt und gefeiert bis spät nach Mitternacht.
Das Brautpaar hatte beschlossen, die Nacht zu Hause zu verbringen, damit sie ausgeruht ihre Hochzeitsreise antreten konn-

ten. Die Reise sollte nach Amerika gehen. Sie wollten gerne viel von der weiten Welt sehen, denn wer wusste schon, ob in den nächsten Jahren noch Zeit blieb für so einen großen Trip.

Die Hochzeitsgeschenke stapelten sich in der Eingangshalle, viele Gäste hatten ihnen Geld geschenkt, angeheftet an Karten mit wunderschönen Gedichten.

Die Frischvermählten waren begeistert davon, sie wollten allen Menschen ein schönes Hochzeitsfoto schicken und sich noch einmal schriftlich bedanken, aber erst nach ihrer Reise. Das Geld konnten beide gut gebrauchen, denn sie besaßen ja keinen großen Reichtum, da sie erst fertig geworden waren mit der Schule.

Félix war zu Tränen gerührt, als er sein Pferd sah. Er hatte auch etwas Wertvolles aus der Schweiz mitgebracht: Ein Goldkettchen mit einem Herz daran, mit winzigen Diamanten besetzt. Lucille schaute es immer wieder an, so etwas Kostbares hatte sie noch nie besessen. Sie bedankte sich mit einem langen Kuss bei ihrem Liebsten.

Anne und Peter flogen erst nach ein paar Wochen wieder zurück in die Schweiz. Es war so schön gewesen in Australien bei ihren Freunden und sie hatten viele unbeschreiblich schöne Stunden erlebt. Aber der Alltag erwartete sie nun wieder zu Hause. Anne hatte bei sich ein paar graue Haare entdeckt. Lange schaute sie in den Spiegel und sah auch Falten im Gesicht. Ob so eine teure Faltencrème helfen würde? Auch Peter hatte graue Schläfen bekommen, na ja, die Zeit blieb nicht stehen. Er lachte nur und sagte zu seiner Frau: „Du bist noch schöner geworden!" Er nahm ihren Kopf in seine Hände und küsste zärtlich ihren Mund.

Seine Schwester war mit Alexander wieder nach Afrika gereist, um sich an Ort und Stelle vom Fortschritt ihres Projektes zu überzeugen.

Die Villa schien nun bedrohlich groß.
Anne hatte Sehnsucht nach ihrem Häuschen. So dauerte es nicht lange und sie wohnten wieder am See. Sie stellte einige Fotos von ihren Liebsten über den Kamin auf das kleine Regal. So fühlte sie sich nicht so alleine, wenn Peter in die Fabrik musste. Unwillkürlich duftete es wieder nach Rosen. Sie streichelte das Bild ihrer Tochter und schaute es lange an.

Sie ging oft im Wald spazieren, wo sie früher gejoggt hatte. Außerdem war es dort schön schattig. Manchmal begegneten ihr Eltern mit ihren Kindern und grüßten freundlich. Dann dachte sie sehnsuchtsvoll an die Zeit, als ihre Kinder noch klein waren. Sie suchte dann die Orte auf, wo sie mit den Kindern gespielt oder ausgeruht hatte. Manchmal glaubte sie im Rauschen der Baumkronen ein Kinderlachen zu erkennen...

Sie hatte sich immer Notizen gemacht, über jede Kleinigkeit und über jedes lustige Erlebnis mit ihren Kindern. Nun kam ihr die Idee, das alles zu einem Buch zu verarbeiten. Aber es war gar nicht so einfach, wie sie gedacht hatte. Oft saß sie weinend vor ihrem Laptop, denn der Gedanke an den Tod ihrer Tochter tat immer noch sehr weh. Sie hatte auch das Tagebuch von Maya gefunden, es schmerzte sehr, wenn sie darin las, es kostete sie viel Überwindung, Notizen zu lesen, von denen sie keine Ahnung hatte. Warum hatte ihre Tochter sich ihr nicht anvertraut nach der Vergewaltigung? Sicher wollte sie ihr keine Sorgen aufladen und selbst damit fertig werden. Ein Trost, dass Maya noch nach ihrem Tod in Gestalt des Lichts zurückgekommen war und mit ihr gesprochen hatte. Die Erinnerung daran konnte ihr niemand nehmen.

Das Haus am See hatte noch Nachbarn bekommen. Jemand aus der Stadt hatte das Grundstück nahe am Wald erworben und nun war das Haus fertig geworden. Junge Leute zogen dort ein. Anne ging zur Begrüßung vorbei mit einem Blumenstrauß aus dem eigenen Garten, eine Vase hatte sie auch gleich mitgenommen, denn sie dachte sich, dass die Nachbarn noch beim Auspacken wären.

Die junge Frau war allein und freute sich über den Besuch und die Blumen. Sie bat Anne, Platz zu nehmen und stellte den Strauß mitten auf den Tisch. So sah es schon viel gemütlicher aus zwischen all den unausgepackten Kisten. Sie sagte: „Ich wollte sowieso gerade eine Pause machen, ich habe Wasser aufgesetzt und freue mich, wenn Sie mir Gesellschaft leisten beim Teetrinken."

Anne nahm dankend an. Sie blieben nicht lange so förmlich. „Ich bin Irina Dubois, bitte einfach Irina sagen", stellte sich die Nachbarin vor. Dann holte sie eine Dose mit selbstgebackenen Waffeln aus dem Schrank und meinte, sie brauche unbedingt was Süßes bei all dem Stress und lachte fröhlich. Die beiden Frauen fanden sich auf Anhieb sympathisch. Anne bot ihre Hilfe an, aber Irina meinte, dass sie sicher bei Gelegenheit froh um ihre Hilfe wäre, vor allem bei Fragen bezüglich des Gartens, aber nun etwas kochen wollte. Denn wenn ihr Freund Tom nach Hause käme, hätte er immer Hunger. Sie gab Anne ein Visitenkärtchen, damit sie immer anrufen könnte. Das war nett. So erfuhr sie, dass Tom Arzt war. Immer gut zu wissen, falls man eine ärztliche Auskunft brauchte.

Irina versprach, dass sie gerne mal mit ihr käme auf einen Spaziergang, da sie sich ja noch nicht auskannte.

„Aber erst, wenn der Auspack-Muskelkater vorbei ist!", erklärte sie lachend.

Als Peter nach Hause kam, war er erfreut zu hören, dass Anne so einen schönen Nachmittag gehabt hatte. Er selber war sehr müde, denn die Winterkollektion musste vorbereitet werden. Die Konkurrenz war groß, aber das Modehaus Dewo hatten seine treuen Kunden. Trotzdem überlegte Peter, ob er einen Direktor anstellen sollte für den ganzen Betrieb, schließlich war er selber keine zwanzig mehr und wollte mehr Zeit mit seiner geliebten Frau verbringen. Er hatte auch schon jemand im Sinn, der immer an seiner Seite war und die Kompetenz für einen höheren Posten besaß. Er wollte das mit Anne besprechen und dann dem Mann das Angebot machen. Sie freute sich riesig, als sie von den Plänen erfuhr. So beschlossen sie, den Herrn Moor mit Gattin zu einem Abendessen einzuladen und ihn dann zu fragen, ob er einverstanden sei, den ganzen Betrieb zu leiten. Anne bereitete ein Fondue Bourguignon vor für diesen Abend. Das gab nicht viel Arbeit, schmeckte aber sehr lecker.

Natürlich lehnte Herr Moor nicht ab, er freute sich, dass er den Posten bekam. Es war ein wunderschöner, gemütlicher Abend und Freunde hatten sie nun auch noch dazu, denn die Moors waren ein nettes Paar.

Nun konnten Anne und Peter frei über ihre Zeit verfügen. Kleinere Reisen waren geplant und Besuche bei Bekannten. Dinge tun, für die sie früher nie richtig Zeit hatten. Jeden Morgen wanderten sie Hand in Hand in den Wald, immer etwas weiter den Berg hinauf. Anne hatte schon lange für sich einen Geheimplatz entdeckt, dort stand eine Holzbank und man hatte die wunderbarste Aussicht über den Bodensee. Wenn Peter klagte, dass es regnete, sagte sie, dass es kein schlechtes Wetter gäbe, nur falsche Kleidung.

So zogen sie fast bei jedem Wetter los und erkundeten die Natur. So manches Eichhörnchen kreuzte ihren Weg. Sie hatten immer Nüsse und Früchte dabei, sie konnten nur staunen, wie die Tiere schnell begriffen und aus der Hand fraßen. Sogar Eichelhäher wollten gefüttert werden. Diese Vögel bekam man sonst selten zu Gesicht. Auch Rehe sahen manchmal scheu hinter den Bäumen hervor. Das alles animierte Peter, die Kamera mitzunehmen, schon bald war aus ihm ein richtiger Hobbyfotograf geworden.

Abends zog sich Anne immer für eine gute Stunde in ihr Büro zurück und schrieb an dem Buch, das nun schon mehr als hundert Seiten umfasste. Sie ließ sich Zeit damit, es erleichterte sie, dass sie die guten und die schlechten Zeiten nieder schreiben konnte. Peter las in der Zeit die Neuigkeiten in der Zeitung oder pflegte den Garten. Er musste noch lernen, was Unkraut war und was nicht. Er hatte von Botanik keine Ahnung. Er fand es aber sehr interessant, im Garten zu arbeiten.

Oft schaute er im Computer bei Google nach, was man noch anpflanzen könnte oder wie man die verschiedenen Blumen behandeln musste. Außerdem konnte er auch seinen Sohn fragen...

E-Mails aus Amerika von Félix und Lucille kamen fast täglich, oft mit Fotos. Er leitete sie dann zu Anne weiter, das zauberte immer ein Lächeln auf ihr Gesicht. Sie konnte sehen, wo die beiden ihre Hochzeitsreise verbrachten und erlebte in Gedanken die Tour durch halb Amerika mit. Ihr wäre das zu stressig gewesen, aber sie freute sich für ihre Kinder.

Da Irina sich noch nicht gemeldet hatte, rief Anne an und lud sie zum Kaffee ein. Die Nachbarin kam dann auch, sah aber nicht besonders glücklich aus. Sie erwähnte, dass ihr Freund Tom von ihr verlangt hätte, einen Vertrag zu unterschreiben, dass er das Haus erben würde, im Falle, dass ihr etwas zustoßen würde. Das war schon etwas merkwürdig. Anne meinte, dass er als Arzt doch sicher genügend verdiene. Irina weinte und erzählte, dass sie das Haus selber bezahlt hätte, mit dem Geld, das sie von einer Tante geerbt hatte. Sie hatte noch eine Schwester, ihr hatte sie das noch verheimlicht mit ihrem Freund. Denn ihrer Schwester gefiel die Beziehung nicht, sie hatte sich etwas distanziert. Anne sagte, dass sie noch warten solle mit der Unterschrift, sie würde einen bekannten Juristen um Rat fragen. Sie kannte ja auch noch den Kommissar Schulz, der sie damals vor den Einbrechern gerettet hatte.

Herr Schulz war in der Zwischenzeit schon pensioniert. Aber er wurde sofort hellhörig, als Anne ihn anrief. Schon am anderen Tag kam er persönlich vorbei. Er hatte einen Freund von der Polizei recherchieren lassen. Dieser Tom war gar kein Arzt mehr. Er hatte seine Approbation als Arzt verloren und war zudem als Frauenheld bekannt. Es lag mal eine Anzeige gegen ihn vor, die dann zurückgezogen wurde.

Anne schaute ganz betroffen, noch heute wollte sie ihrer neuen Freundin reinen Wein einschenken. Das waren ja ganz schlimme Neuigkeiten.

Sie und Peter riefen sofort nach der Besprechung mit Irina bei einer Detektei an, die herausfinden sollte, wo Tom den Tag verbrachte. Irina konnte es kaum fassen... Tom war am Anfang doch so nett, sie war so verliebt in ihn gewesen. Als die Detektei dann auch noch herausfand, dass Tom den Tag bei einer jungen Witwe verbrachte, war die Bombe geplatzt. Nun hatte Tom eine Anklage am Hals. Bei der Witwe, mit der er den Tag verbrachte gab er an, dass er Nachtdienst hätte und ging dann zu Irina.

Ein altes Sprichwort sagt: „Der Krug geht solange zum Brunnen bis er bricht!" Irina packte ihrem Freund seine paar Sachen und stellte sie vor das Haus. Auch ließ sie sofort ein neues Sicherheitsschloss anbringen. Da sie nun doch Angst hatte, nahm sie gerne die Einladung ihrer Nachbarn an und wohnte nun im Gästezimmer, bis sich der Sturm gelegt hatte. Sie konnte immer noch nicht glauben, dass sie auf so einen Mann hereingefallen war.
Sie gab zu, dass sie Tom beim Internet-Dating kennen gelernt und sich in den Mann verliebt hatte. Irina hatte schon oft ein Date gehabt, es war immer offen und ehrlich, aber sie hatte nie das Gefühl, so richtig verliebt zu sein. Sie suchte dann eine Ausrede und war immer gut davon gekommen, im gegenseitigen Einverständnis.

Einmal hatte sie auch selbst inseriert, darauf bekam sie von der Zeitschrift, die ihre Adresse hatte, über zweihundert Briefe von Männern, die eine Lebensgefährtin suchten. Das war eigentlich eine gute Idee gewesen, so konnte sie in Ruhe die handgeschriebenen Briefe lesen. Die Handschrift sagt oft viel aus über einen Menschen. Aber die meisten Männer waren verheiratet, suchten zusätzlich eine Freundin, oder sie waren geschieden und hatten gewisse Vorstellungen vom Leben, die Irina nicht akzeptieren konnte. Viele suchten einfach nur Sex. Sie hatte sich sogar ein paarmal mit einem Mann zum Essen getroffen, aber der redete nur dummes Zeug. Ein anderer hatte ihr erzählt, dass er seine Frau einschließen musste, weil sie den Nachbarn sein sauer verdientes Geld verschenkte. Die Frau war dann aus dem Fenster gesprungen und hatte sich tödlich verletzt. Irina war beim Zuhören fast schlecht geworden.

Einen Musiker lernte sie auch noch kennen, der erzählte, dass seine Freundin ihm sein Auto gestohlen habe. Er sei aber ein guter Kerl, er könnte oft drei Nächte hintereinander durchspielen. Sein Geheimtipp zum Durchhalten: Jeden Tag einen Liter Rinderblut trinken. Das war zu viel, sie entschuldigte sich daraufhin und verschwand.

Einen Herrn hatte sie aus einer Telefonkabine angerufen, sie war neugierig, denn das Foto gefiel ihr. Der Herr fragte sie nach ihrer Oberweite und gab zu, dass er im Moment mit einer Frau im Bett liegen würde. Irina hängte den Hörer schnell auf, sie hatte das Gefühl, sich die Finger verbrannt zu haben.

Sie erzählte Anne das alles ganz freiherzig und die staunte nicht schlecht.

Sogar ein Nachbar hatte Irina auf das Inserat geantwortet.

Das war natürlich schon lustig gewesen, fast wie aus einem Witzheft, den Nachbarn kannte sie eigentlich nicht. Sie verabredeten sich und gingen an einem Sonntag zusammen in einen Tierpark, schön war es, aber der Mann versuchte die Briefmarkensammlermasche.

Irina war nie ängstlich gewesen, also ging sie wie verabredet an einem Wochenende vorbei, um sich die Sammlung anzusehen. Niemand öffnete als sie klingelte, da fasste sie Mut, ging hinein und rief den Namen, aber der Herr saß im Pyjama auf dem Sofa neben dem Telefon und schnarchte. Irina stolperte fast über eine leere Wodkaflasche.

Wach wurde der nicht, so beschloss sie, wieder zu gehen. Trotzdem kannte ihr Mitleid keine Grenzen, sie konnte sich einfach den ganzen Tag nicht mehr konzentrieren, weil sie dachte, dass sie einen Krankenwagen hätte rufen müssen. Zum Glück nahm er aber später das Telefon ab, er wollte ein neues Rendezvous. Aber Irina fühlte nur Mitleid und sagte ab.

Anne hatte so etwas noch nie gehört. Dass es so viele Menschen gab, welche nicht fähig waren, ihr Leben in den Griff zu bekommen, das hätte sie nicht gedacht.

Irina erzählte auch von Jean-Pierre, für ihn hatte sie sogar mal gekocht, er schenkte ihr Blumen, aber sein Interesse beschränkte sich auf ihr Bankkonto.

Ein Tessiner wollte ihr sogar ein Auto und ein Haus schenken, wenn sie mit ihm ins Bett gehen würde, er war dreißig Jahre älter. Sie wollte allerdings lieber einen Mann in ihrem Alter kennen lernen. Jemand schrieb sogar aus dem Gefängnis, aus dem er bald entlassen würde, er bräuchte ein Zuhause, hatte aber vergessen zu schreiben, warum er hinter Gittern saß...

Die Angebote waren frustrierend. Immer geriet sie an den Falschen. Also schickte sie die Fotos von all den frauensuchenden Männern zurück, außer Spesen nichts gewesen. Wie konnte sie auch nur denken, dass sie auf diesem Wege einen anständigen Lebenspartner finden würde. Sie war so unglücklich, aber Anne tröstete sie: „Den richtigen Mann wirst du schon noch finden!"

Damit sie etwas abgelenkt war von ihren Sorgen, nahm Anne sie mit zum Schoppen, oder sie gingen am See spazieren. Irina kam die Idee, ihre beiden hilfsbereiten lieben Nachbarn zu einer Schifffahrt einzuladen. Brunch auf dem See, es war einfach köstlich. Die drei Freunde genossen die Fahrt. Nach dem Essen saßen sie auf Deck und ließen sich den Wind um die Nase wehen.

Als sie das Schiff verließen, stolperte Irina, sie landete direkt in den Armen eines Mannes, der hatte sie beobachtet und war im richtigen Augenblick zur Stelle.

Irina bedankte sich, sagte aber sonst nichts, sie war noch nicht so weit, mit jemandem zu flirten. Er hatte so gut gerochen, sicher ein sehr teures Rasierwasser. Sie bemerkte auch, dass der Mann ihr noch lange hinterher schaute.

Mittlerweile war der Sommer vorbei.

Es war ein sehr schöner Herbsttag, man musste einfach am Morgen früh hinaus. Anne und Irina gingen wie schon so oft in den Wald. Die gute Morgenluft tat ihnen gut. An diesem Tag marschierten sie etwas weiter den Berg hinauf.

Irina schrie plötzlich laut auf, zwischen dem Laub sah sie einen menschlichen Arm herausragen. Sie erschraken und gingen etwas näher, um sicher zu sein, dass es Wirklichkeit war, was sie dort sahen. Der Arm war etwas bläulich verfärbt, es sah grauenvoll aus. Sie riefen sofort bei der Polizei an.

Nach einer Weile war alles abgeriegelt. Es war eine Frauenleiche, die dort halb verbuddelt lag. Wahrscheinlich hatten Wildschweine den Boden aufgewühlt. Die Leiche wurde später mit einem Leichenwagen abgeholt.

Die Ermittlungen ergaben, dass die Frau alleinstehend gewesen war. Irina hatte plötzlich einen schrecklichen Verdacht. Sollte ihr geldgieriger Freund, den sie vor die Tür gesetzt hatte, dahinter stecken? Vielleicht hatte der noch eine Frau um ihr Vermögen erleichtert und sie dann umgebracht. Wenn das stimmte, war sie mit einem Mörder zusammen gewesen. Sie wurde bleich und erschauderte. Sie wollte ihren Verdacht der Polizei nicht vorenthalten, darum sprach sie mit dem Kommissar darüber. Die Angst stand ihr im Gesicht geschrieben.

Die Untersuchungen liefen nun auf Hochtouren. Tom hatte ein Alibi von einer einsamen Frau bekommen. Aber als Irina zufällig in der Garage in einer Ecke schmutzige Stiefel entdeckte, die wahrscheinlich ihrem Freund gehörten, war dies das Tüpfelchen, was die Ermittler noch brauchten, um in dem Fall weiter zu kommen.

Tom wurde verhaftet, die Stiefel waren der Beweis, denn sie gehörten ihm. Walderde klebte daran und ein paar Spritzer Blut, die der ermordeten Frau eindeutig zugeordnet werden konnten.

Anne kümmerte sich nun noch mehr um ihre Freundin, die oft

sehr traurig aussah. In den Wald gingen sie nun nicht mehr, sie verbrachten mehr Zeit am See. Als im neuen Seerestaurant eine Kellnerin gesucht wurde, meldete sich Irina. Es stellte sich heraus, dass der Mann, der sie damals vor dem Stolpern aufgefangen hatte, der Chef dieses Restaurants war. Sein Name war Urs Heiden. Sie mussten beide lachen.

Irina bekam die Stelle, sie konnte sofort anfangen. Sie musste ihrem Chef aber versprechen, dass sie nicht mit den teuren Kristallgläsern auf dem Tablett stolpern würde. Sie versprach, das nur zu tun, wenn er in der Nähe sein würde...

Es gab viel Arbeit und am Abend taten ihr die Füße weh, aber es lenkte sie von ihren trüben Gedanken ab. Auch hatte sie vor, ihr Haus wieder zu verkaufen. Vorläufig hatte sie ein Zimmer im Restaurant. Das war auch gut, so musste sie in der Nacht nicht mehr auf die Straße gehen, um nach Hause zu kommen. Anne war etwas traurig, verstand das aber sehr gut.

Irinas Chef war immer schick gekleidet und hatte für alle seine Angestellten täglich ein gutes Wort. Das Arbeitsklima war einfach grandios. Das erstreckte sich auch auf die Gäste, denn die wurden immer sehr freundlich und höflich bedient. Hier war der Gast noch König.

Anne ging nun oft mit Peter ins Seerestaurant, um ein feines Abendessen bei Sonnenuntergang zu genießen. So kam es vor, dass der Chef sich manchmal zu ihnen gesellte, wenn er Zeit hatte und Irina lernte ihn als einen Menschen kennen, der sehr gebildet und freundlich war.

Ein paar Wochen später lud Urs Irina Dubois und die Dewos zum Essen ein. Er besaß eine Wohnung zwei Straßen weiter. Er ließ es sich nicht nehmen selber zu kochen. Das Rezept für das Gulasch, das er zubereitet hatte, stammte von seiner Mutter. Anne wollte dieses Rezept unbedingt haben. Natürlich wollte er sein Familiengeheimnis nicht gerne preisgeben, aber bei so tollen guten Freunden machte er gerne eine Ausnahme. Er ging zum Computer und druckte das Rezept gleich zweimal aus. Urs hatte zuerst geglaubt, dass Irina die Tochter von Anne sei, aber niemand nahm ihm das übel, er konnte das ja nicht wissen. Auf jeden Fall hatten sie einen gemütlichen und fröhlichen Abend.

Petra und Alexander kamen zurück aus Afrika, sie wollten nun wieder für eine Weile zu Hause bleiben und im Beruf weiter machen. Das Geld fiel ja nicht vom Himmel. Sie hatten auch etwas mitgebracht, was es war, das wollten sie am Telefon nicht verraten. Sie taten ganz geheimnisvoll.

Es gab viel Neues zu erzählen, einige Helfer hatten sich entschlossen, für immer in Afrika zu bleiben. Es war gewaltig, wie sich das Dorf verändert hatte, im Vergleich zu der Zeit, als sie angefangen hatten, Hilfe zu leisten. Strom gab es zwar immer noch keinen dort, aber ein Architekt plante das Dorf mit Sonnenenergie zu versorgen. Das kostete Geld und das wollten sie zusammenbringen mit allen möglichen Mitteln.

Petra konnte keine Kinder bekommen, so hatten sie schon lange ein Gesuch eingereicht, um ein kleines Mädchen zu adoptieren, es war ein Waisenkind, ihre Eltern waren an Aids gestorben. Die Kleine war gesund, aber ihr fehlte viel Liebe.
Für Petra war es wie Weihnachten, als sie die Papiere bekam und das Kind mitnehmen durfte. Platz in der Villa gab es ja genug, die Kleine konnte schon am Boden herumkrabbeln. Ihr Name war nun Isabella Frei. Alle nannten die Kleine „Bella".
Anne und Peter waren sehr neugierig und gingen in die Villa um alle zu begrüßen. Die Überraschung war Petra gelungen. Bella wurde herumgereicht und gedrückt und gestreichelt. Die Kleine schaute ganz verwundert, aber sie weinte nicht.
Zum Glück vertrug sie auch Kuhmilch gut. Petra hatte zur Vorsicht ein spezielles Milchpulver gekauft, das sie noch mit un-

termischte. Sie war ja so glücklich und wollte das kleine Menschlein auch so erziehen, zu einem glücklichen Kind.
Anne freute sich, denn nun war sie Tante geworden. Im Stillen erhoffte sie sich, eines Tages auch Großmutter zu werden.

Dienstags hatte Irina ihren freien Tag. Anne rief an, sie müsste unbedingt kommen, denn sie wollte ihrer Freundin gerne die kleine Bella vorstellen. Am Mittag kam Irina zum Haus am See. Zuerst lud Anne sie zum Mittagessen ein, denn sie hatte viel zu viel gekocht für Peter und sich. Nach dem Essen gingen sie zu Fuß zur Villa. Irina freute sich und bestaunte das kleine Mädchen, das ihr zulächelte. Zwei kleine Zähnchen waren schon zu sehen. Bella war einfach ein Glückskind, das neue Eltern bekommen hatte, welche es sehr liebten.

Irina hatte ihr Haus einem Immobilienhändler zum Verkaufen angeboten, damit ihr Name nirgends zu lesen war, auch damit Tom nicht erfuhr, wo sie sich aufhielt. Denn die Neuigkeiten werden auch in Gefängnissen weitergetrommelt.
Sie hatte vor, mit dem Geld ein anderes Haus oder eine Wohnung zu kaufen. Sie versuchte alle Möbel mit dem Haus zu verkaufen, denn sie waren ja fast nicht gebraucht.
Irina wollte einfach nicht mehr an Tom erinnert werden. Für sie war er gestorben. Vor Gericht hatte er lebenslänglich bekommen und hatte nun Zeit, über seine Schandtaten nachzudenken.

Anne las nun öfters die Immobilienanzeigen, sie wollte doch so gerne, dass ihre Freundin in der Nähe von ihnen wohnen blieb.

Urs Heiden wurde auch um Rat gefragt. Er hatte per Zufall erfahren, dass in dem modernen Wohnhaus, wo er wohnte, eine freie Wohnung zur Verfügung stand, mit wunderschöner Seesicht. Irina bekam frei, damit sie die Wohnung besichtigen konnte und natürlich ging Anne mit ihr hin.

Das hatten sie nicht erwartet, es war eine absolute Traumwohnung, herrlich lichtdurchflutet mit großem Balkon, die Küche modern ausgestattet, sogar mit Waschmaschine und Wäschetrockner. Das Wohnzimmer war ein absolutes Highlight. Irina hatte schon genau im Sinn, wie die Möbel aussehen sollten. Einfach, aber schön wollte sie ihr neues Zuhause einrichten.

Sie wollte keine andere Wohnung mehr besichtigen, diese gefiel ihr, sie verabschiedete sich vom Hausmeister, der ihr den Vertrag zum Lesen und Unterzeichnen mitgab. Anne war auch begeistert und wollte später gern mit ihr zum Möbel aussuchen gehen, wenn es dann soweit war. Irina konnte sich ja Zeit lassen.

Als Anne später mit ihrem Mann noch einen Abendspaziergang machten, fragte Peter, ob sie auch bemerkt hätte, dass die Augen von Urs freudig geblitzt hätten, als er vernommen hatte, dass Irina nun im gleichen Haus wohnen würde wie er.

Bestimmt würde sich eine Liebesgeschichte anbahnen mit der Zeit, meinte er augenzwinkernd.

Bevor Anne zu Bett ging, schaute sie noch schnell nach, ob eine E-Mail von ihrem Sohn gekommen war. Keine Nachricht... sie war etwas beunruhigt darüber, denn sonst hatte sich Félix jede

Woche gemeldet und berichtet, wo er und Lucille sich gerade auf ihrer Hochzeitsreise befanden. Sie versuchte ihn per Handy zu erreichen, aber das Handy war abgestellt. Anne schlief unruhig. Sie fing an, sich Sorgen zu machen. Lyn und Jake hatten auch seit einer Woche keine Nachricht bekommen, sie fragte sich, was da los war.

Peter telefonierte an den Ort, von wo die letzte E-Mail gekommen war. Dort erfuhr er, dass Herr und Frau Dewo mit einem Boot unterwegs, aber noch nicht zurück wären. Ein Tornado sei über Kalifornien gefegt. Die beiden Verliebten waren etwas leichtsinnig gewesen, als sie beschlossen, einen Tag auf dem Mono Lake zu verbringen. Als der Sturm plötzlich kam, hatten sie keine Chance, das Boot zu steuern. Gegen eine Naturgewalt kann man sich kaum wehren. Sie verloren das Bewusstsein, als eine hohe Welle das Boot überrollte.

Als Félix die Augen aufschlug, beugte sich ein Indianer über ihn und murmelte etwas, dass er nicht verstand, dann erst begriff er, was geschehen war. Der Sturm hatte das Boot wie eine Nussschale durch die Luft gewirbelt, mehr wusste er nicht mehr. Dann sah er Lucille, sie lag schlafend auf einer Liege im Zelt. Eine Indianerin saß neben ihr und wischte ihr den Schweiß von der Stirn.
Félix wollte aufstehen, aber er konnte nicht, irgendwas war mit seinem Bein nicht in Ordnung. Er merkte, dass man ihm eine Schiene aus Bambusstangen angelegt hatte, mit großen grünen Blättern umwickelt. Nun öffnete auch Lucille die Augen. Eine

Frau kam mit zwei Holzschalen herein und gab ihnen zu trinken, irgendein Gebräu, das aber gut schmeckte. Die Frau sprach halb Englisch und sagte, dass sie beide großes Glück gehabt hätten. Drei Tage hätten sie geschlafen, sie hatte immer ihre Lippen befeuchtet und das Gesicht gekühlt. Ein Boot hatten die Indianer aber nicht gefunden, nur ein paar Bretter waren angeschwemmt worden.

Sie lebten auf einer Insel in dem Mono Lake, in Höhlen, die die Natur irgendwann mal geschaffen hatten, sogar eine Quelle mit klarem Wasser sprudelte am Felsen hervor.

Das junge Paar freute sich, dass sie lebten, aber wie um alles in der Welt sollten sie nun wieder zurückkommen? Sie hatten nur die Sachen, die sie am Körper trugen und die waren in Fetzen.

Nun kamen zwei junge Mädchen herein ins Zelt, sie trugen eine Holzschüssel Wasser und brachten Kleider aus Leder, die sie wahrscheinlich selbst genäht hatten, mit schönen Verzierungen daran. Sie sagten, dass sie ihnen helfen würden beim Waschen. Vorsichtig lösten sie die Kleiderfetzen von den Beiden, wuschen sie von Kopf bis Fuß. Dann massierten sie eine wohlriechende Salbe ein, kämmten ihnen die Haare und halfen ihnen, die mitgebrachten Kleider anzuziehen. Die Frau brachte eine große Auswahl an Früchten und stellte sie auf einen flachen Stein. Bis jetzt hatten Félix und Lucille noch nichts gesagt, nun aber bedankten sie sich bei ihren Rettern und aßen von den herrlich saftigen Früchten.

Félix erhielt eine Stütze aus Holz, die er sich wunderbar unter den Arm klemmen konnte, dann wurden sie aus dem Zelt hinausgeführt. Sprachlos staunten sie über die Landschaft die sich ihnen bot, es war wunderschön. Orchideen in allen Farben wuchsen an den Sträuchern, in der Ferne lagen ein weißer Strand und der See, der nun hell in der Sonne glitzerte. Eidechsen flitzten herum und waren im Nu wieder verschwunden. Palmen und verschiedene Obstbäume wuchsen in der Nähe. Ein Baumstamm lud zum Sitzen ein.

Lucille umarmte ihren Schatz und flüsterte: „Ich glaube, wir sind im Paradies."

Er lächelte nur und überlegte fieberhaft, was sie nun tun sollten. Félix unterhielt sich deswegen mit dem Indianer, der ihn gepflegt hatte. Der erklärte, dass jeden Monat bei Vollmond ein Schiff vorbeikäme und ihnen Lebensmittel vom Festland bringen würde. Lebensmittel, welche sie auf ihrer Insel nicht hatten. Seine Söhne würden dann mit ihrem Kanu zum Schiff paddeln und die Sachen abholen und mit Früchten und Fischen bezahlen. Das war ja eine gute Nachricht, so würden sie sicher wieder zurückfahren können, nach Kalifornien ins Hotel.

Abends saßen alle Inselbewohner, etwa fünfzig Menschen, um ein großes Lagerfeuer herum und ließen sich die selbstgefangenen, gebratenen Fische schmecken. Dazu wurde selbstgemachtes Fladenbrot serviert. Die zwei Geretteten bedankten sich immer wieder für das feine Essen und die Gastfreundschaft. Die Indianer verloren ihre Scheu und beschenkten Lucille mit selbstgebasteltem Schmuck. Auch zeigten sie ihnen, wie man Feuer ohne Zündhölzer macht und vieles mehr.

Die Verliebten sahen gut erholt aus und hatten schnell eine

schöne braune Hautfarbe bekommen, in der gesunden Luft auf der Insel. Gelernt hatten sie auch so einiges, was in keinem Buch geschrieben steht.

Die Inselbewohner machten sich Sorgen, denn sie hatten von der Klimaerwärmung gehört. Der Strand war auch schon etwas kleiner geworden, was bedeutete, dass das Wasser stieg.

Sie redeten mit dem jungen Paar darüber. In einigen Jahren würden ihre Höhlen unter Wasser stehen. Es war jetzt schon nicht einfach zu überleben, da ihre Fischernetze nicht mehr so gefüllt waren wie vor einem Jahr. Das Paradies würde verschwinden.

Lucille und Félix sagten den Inselbewohnern, sie sollten sich aber vorläufig nicht zu große Sorgen machen, sondern die Zeit genießen, die ihnen blieb. Sie würden eine Lösung finden.

Der Mond wurde immer voller, die Zeit kam, wo das Schiff erwartet wurde. Auch mussten die zwei Gäste nun Abschied nehmen von wundervollen Menschen, ohne die sie wahrscheinlich nicht überlebt hätten. Félix bot an, ihnen Geschenke zu schicken, er hatte sich bei der Indianerfrau erkundigt, mit was er sich erkenntlich zeigen könne. Die hatte zuerst nichts annehmen wollen, aber als Félix darauf bestand, fielen ihr doch ein paar nützliche Sachen ein. Er versprach, dass das Schiff das nächste Mal das Gewünschte bringen würde. Das war ja das Mindeste, was er tun konnte.

Zum Abschied standen alle am Strand und ließen sich umarmen. Das Paar stieg vorsichtig ins Kanu. Dann paddelten die zwei Jungen los. Auf dem Schiff staunte die Besatzung nicht schlecht, als sie die jungen vermissten Leute im Indianer-Outfit kommen sahen. Nach einer Erklärung der Inselbewohner ließ der Offizier des Schiffes eine Leiter hinunter. Félix hatte kaum noch Schmerzen im Bein, so kletterten beide hinauf auf das Deck. Sehnsuchtsvoll schauten sie zurück zum weißen Strand der Insel. Sie wussten nun, dass ihre Hochzeitsreise hier ein Ende gefunden hatte, es war trotz allem herrlich gewesen.

Solche paradiesische Ferien konnte kein Mensch buchen, wie sie erlebt hatten. Nach der Begrüßung zeigte der Kapitän ihnen den Computer, mit dem sie nach Hause e-mailen konnten.

Anne war gerade damit beschäftigt, die schönsten Fotos in ihr Familienalbum zu heften. Sie hatte eben das Hochzeitsfoto von ihrem Sohn und seiner Frau in den Händen und fragte halblaut: „Wo seid ihr? Geht es euch gut?"

In dem Moment hörte sie den Ton einer E-Mail, sofort schaute sie nach. Es war tatsächlich Félix, der geschrieben hatte. Die Botschaft war zwar nur kurz. Doch Anne weinte Freudentränen.

Sie taumelte ein wenig, als sie aufstand, um nach Peter zu suchen, um zu berichten, dass alles gut war.

In letzter Zeit ging es ihr selber gesundheitlich gar nicht so besonders. All die Sorgen lasteten schwer auf ihrer Seele.

Eine Woche später konnte sie die „Kinder" in die Arme schließen. Das klang alles wie ein Märchen, was sie da zu hören bekamen. Bilder von der Insel hatten sie nicht. Die trugen sie für immer in ihren Herzen. Sie hatten die Kamera bei dem Sturm verloren, aber sie hatten ja von der Reise einige Bilder geschickt. Das Wichtigste war, sie waren gesund und wieder da. Sie hatten extra einen Umweg geflogen, denn sie mussten einfach ihre Lieben in der Schweiz umarmen, nach allem, was geschehen war.

Es gab eine Familienfeier zur Begrüßung. Sie mussten ja unbedingt noch Bella kennenlernen, den Sonnenschein der Familie. Lucille schenkte der Kleinen eine geschnitzte Holzkette von der Indianerinsel, sie sollte ihr Glück bringen.

Leider blieben sie nur eine Woche, dann flogen sie wieder nach Australien, wo sie auch sehnsüchtig erwartet wurden. Lucille musste ihre Tierpraxis eröffnen, auf beide wartete auch eine kleinere Farm. Es war das Geschenk von Lyn und Jake, sie hatten ihnen von ihrem Land etwas abgegeben, so konnten sie selbstständig arbeiten und waren doch nie allein.

Auch warteten noch viele Geschenke darauf, ausgepackt zu werden. Natürlich hatte Lucille nicht vergessen, dass sie jedem einen besonderen Dank schuldete.

Anne hatte ihre Freundin schon lange nicht mehr besucht, das holte sie nun nach. Irina hatte die gute Nachricht schon vernommen. Sie freute sich sehr, dass es Anne nun besser ging, nachdem ihre verschollenen Kinder wieder aufgetaucht waren.

An ihrem freien Tag lud sie Anne und Peter zum Abendessen ein. Sie hatte den schönen Holztisch wunderschön gedeckt und mit Kerzen und Blumen verziert.

Als die Freunde eintraten, waren sie gar nicht erstaunt dass Urs auch eingeladen war. Sie hatten ja schon geahnt, dass die zwei früher oder später ein Paar würden.

Das Essen schmeckte ausgezeichnet. Irina hatte sich selbst übertroffen. Nachher saßen alle auf dem Balkon, den Irina mit bequemen Sesseln ausgestattet hatte. Anne erzählte von ihrem Sohn und von der Hochzeitsreise mit fast tödlichem Ausgang, die doch ein gutes Ende gefunden hatte. Alle hörten gespannt zu, es war ja auch eine wirklich abenteuerliche Geschichte.

Anne hatte gemerkt dass gar kein Bild in der Eingangshalle von der Wohnung ihrer Freundin hing. Sie beschloss, das zu ändern, plötzlich hatte sie wieder Lust zu malen.

Sie entschloss sich, einen Sonnenaufgang zu malen, der See sah morgens anders aus als abends. Eigentlich war die Aussicht täglich anders. Manchmal lagen sanfte weiße Schwaden über dem See, und wenn dann die Sonnte am Horizont erwachte, erschien am Himmel ein zartes Rot... Dann erwachten auch die Natur und die Menschen. Anne wollte diese frühe Morgenröte einfangen auf ihrem Gemälde.

Irina erhielt öfters Anrufe, aber niemand meldete sich. Sie hatte Angst, dass Tom ihre Nummer herausgefunden hatte und sie vom Gefängnis aus belästigte. Dann redete plötzlich eine Frauenstimme und erklärte ihr, dass Urs ihr Ehemann sei und sie solle gefälligst ihre Finger von ihm lassen. Irina konnte nicht sprechen, so erschrocken war sie. Wenn das stimmte, war sie schon wieder ins Unglück gestürzt mit der großen Liebe. Sie weinte bitterlich.

„Warum immer ich?", schrie sie. Sie war in ihrem ganzen Leben ja schon oft gekränkt worden, aber das war zu viel. Sie überlegte nicht lange, packte einen Koffer und ging zum Bahnhof. Nur weg von hier... hämmerte es in ihrem Kopf. Sie stieg einfach in den nächsten Zug, ohne zu wissen, wohin der fuhr.

Am anderen Tag wurde sie vermisst auf ihrer Arbeit. Urs machte sich Sorgen, sie verstanden sich doch so prima in letzter Zeit, er begriff nicht, was los war. Niemand ging ans Telefon, auch Anne hatte keine Ahnung, wo Irina war.
Sie hatte einen Schlüssel und sah nach. Sie sah, dass im Bad Sachen fehlten und auch sonst sah es aus wie nach einer überstürzten Abreise.
Sie überlegte, wo Irina sein könnte, aber ihr fiel kein Anhaltspunkt ein. Da läutete das Telefon. Anne nahm einfach den Hörer ab und hörte eine Frauenstimme schimpfen: „Lass meinen Mann in Ruhe, sonst kannst du was erleben."
Anne schaute verdutzt drein, war das der Hinweis, warum Irina weg war? Eine eifersüchtige Frau?
Sie musste sich erst einmal hinsetzen. Konnte es auch sein, dass Irina noch immer nervlich litt und sie hatte es nicht bemerkt? Sie redete mit Urs darüber. Der fiel aus allen Wolken als sie ihm das mit dem Anruf erzählte. Er beichtete, dass er eine Freundin gehabt hätte, aber das sei Schnee von gestern. Warum diese nun nach Jahren Irina belästigte, das verstand er nicht. Er erzählte, dass die Frau mit allen Männern nur gespielt hätte, darum hätte er auch nichts mehr von ihr wissen wollen. Anscheinend wollte sie ihm nach so langer Zeit heimzahlen, dass er sie nicht als Frau mochte. Sie war ein richtiges Luder. Darum wollte er sich später kümmern, er notierte die Telefonnummer. Nun musste er erst einmal Irina finden. Aber wo sollte er anfangen?

Anne erinnerte sich, dass ihre Freundin noch eine Schwester hatte, vielleicht war sie ja zu ihr gereist. Sie bat im Stillen um Verzeihung und suchte in den Ordnern, die sie in der Wohnung gefunden hatte, um die Adresse der Schwester zu finden.

Tatsächlich, sie fand ein Dokument mit dem Namen von Irinas Schwester und rief dort an. Lea Dubois war sehr erstaunt, denn sie hatte nichts von der Trennung gewusst. Sie hatte ja von Anfang an ihre Schwester gewarnt. Aber Irina hatte sich nicht bei ihr gemeldet. Nun klang Lea auch besorgt und sagte, dass sie früher immer mit ihren Eltern in die Berge gefahren seien und nannte einen Ort, wo es ihnen am besten gefallen hatte, als sie Kinder waren. Sie bot spontan an, dorthin zu fahren, um ihre Schwester zu suchen.

Urs wollte die Polizei nicht einschalten und auch die Presse nicht. Er hielt die Ungewissheit jedoch kaum aus. So fuhr er zu Irinas Schwester. Zusammen fuhren sie nach Sion. Sie hofften, dass Irina die Schweiz nicht verlassen hatte, so bestand eher Hoffnung, sie zu finden.

Die Eltern der beiden Schwestern besaßen früher einen kleinen Weinberg in Sion und dort stand ein kleines schmuckes Holzhaus, das man mieten konnte.

Lea Dubois rief bei dem Besitzer an. Der hatte das Haus verkauft, soviel er aber wusste, wurde es immer noch vermietet. Er meinte dann noch: „Ich glaube nicht, dass das Haus frei ist, denn gestern hat eine Frau angerufen."

Lea und Urs sahen sich bedeutungsvoll an. Er musste einfach Irina sein, die da oben wohnte. Sie fuhren los.

Lea tat es leid, dass sie nicht schon viel früher den Kontakt mit ihrer Schwester wieder gesucht hatte, aber sie hatte beruflich so viel um die Ohren gehabt und es immer wieder verschoben, ihre Schwester zu besuchen. Nun hoffte sie inständig dass sie sie finden würde.

Nach etwa einer Stunde erreichten sie das Chalet. Aber niemand öffnete auf ihr Klopfen. Urs sah Lea traurig an, die schaute zum Fenster hinein und sah eine Tasche auf dem Sofa.

„Hey, die Tasche hatte ich Irina geschenkt!", rief sie erfreut, „bestimmt ist sie weiter oben auf dem Berg, wir müssen hin."

Den Weg musste man zu Fuß hinauf kraxeln, also gingen die beiden los. Eine halbe Stunde später entdeckten sie eine Holzbank, eine Frauengestalt hatte es sich dort bequem gemacht und genoss die Sonnenstrahlen. Urs rief Irinas Namen so laut er konnte. Irina stand auf und sah ihnen entgegen. Als sie ihre Schwester und auch Urs erkannte, kam es ihr vor, als ob sich der Himmel öffnen würde.

Sie hatte ihre Schwester ja so vermisst und eigentlich auch Urs, aber sie war so verletzt gewesen, als diese Frau angerufen hatte. Urs nahm sie in die Arme und flüsterte ihr ins Ohr: „Du dummes Mädchen, seit wann glaubt du denn eifersüchtigen Frauen?"

Irina gestand, dass sie einen Schock bekommen hatte und wüsste selber nicht genau, warum sie so überstürzt davon gerannt war. Sie versprach, zu einem Arzt zu gehen, denn es sah ganz so aus, dass sie das Erlebnis mit dem Mörder Tom noch nicht verarbeitet sondern nur verdrängt hatte. Sie brauchte unbedingt professionelle Hilfe. Lea versprach ihr beizustehen, sie hatte ja geahnt, dass Tom kein guter Mensch sei, aber sie hatte nicht gewusst, wie schlimm er in Wirklichkeit war.

Anne bekam eine SMS geschickt mit der freudigen Nachricht: „Irina gefunden, alles OK!"

Die drei blieben noch eine Nacht in dem Chalet, dann reisten sie zusammen nach Hause.

Dort angekommen besuchten sie zuerst ihre Freunde, die sich große Sorgen gemacht hatten. Irina war nicht nur eine Freundin, sondern nun wirklich wie eine Tochter für Anne geworden.

Auch Lea gefiel es am Bodensee. Sie meinte, dass es an der Zeit sei, sich besser um ihre Schwester zu kümmern und wollte zu ihr ziehen. Die erlaubte ihr das gerne, sie hatte ja Platz in der Wohnung. Außerdem würde sie oft bei ihrem Freund Urs sein. Er hatte ihr schnell verziehen, denn er liebte sie über alles.
Urs meinte, dass im Seerestaurant noch eine Kraft gebraucht würde und schaute Lea dabei an. Sie überlegte nur drei Sekunden, dann sagte sie zu. Ihr gefiel es, Leute um sich zu haben, sie war eine Frohnatur, fast immer gut aufgelegt, außer wenn sie mal Zahnschmerzen hatte oder Schnupfen.

Anne hatte das Bild fast fertig, als sie von den Verlobungsplänen ihrer Freundin erfuhr. Wenn das kein gutes Timing war. Das Bild wurde mit sehr viel dankbarer und herzlicher Freude entgegengenommen, es passte genau in die Eingangshalle. Dort erlebte man nun jeden Tag den Sonnenaufgang, auch wenn das Wetter mal trüb war.

Urs hatte seiner früheren Freundin die Meinung geschrieben, falls sie so weiter machen würde mit dem Telefon-Terror drohe ihr eine saftige Strafe. Das hatte gewirkt. Die Anrufe hörten endlich auf.

Dann kam die freudige Nachricht aus Australien per Skype.
Lucille wollte, dass Anne ihren Peter holte, dann sah man auch
Félix auf dem Bildschirm, er verkündete stolz:
„Wir bekommen ein Baby!"
Das Kind war auf der „Paradiesinsel" gezeugt worden, das war
einfach fantastisch.
Nun wurden die Schweizer doch noch Großeltern. Ein Traum
ging in Erfüllung, es würde noch einige Monate dauern, aber es
war ein schönes Gefühl. Vorfreude ist bekanntlich die schönste
Freude. Anne fing sofort damit an, kleine Babyschuhe zu stri-
cken, mit roter Wolle und vorne ein weißes Kreuz, das sah wun-
dervoll aus, genau wie die Schweizer Fahne.
Lucille hatte für ihre Praxis einen Tierarzt eingestellt, so konnte
sie sich in Ruhe auf ihre Mutterrolle vorbereiten. Félix war so
stolz auf seine Frau. Sie waren ein wunderbares Team.
Auch die Tiere auf der Farm waren bei ihnen in guten Händen.
Petra kam mit Bella im Kinderwagen zu Besuch, sie bekam die
Nachricht brühwarm mitgeteilt. Im Moment wurde FREUDE
groß geschrieben bei allen.

Petra dachte, dass es an der Zeit war, ein Familienfest zu planen.
Sie wollte die Taufe von Isabella feiern und alle Freunde und
Verwandte dazu einladen. Der Termin stand schon fest. Sie bas-
telte wunderschöne Einladungskarten und organisierte einen
Partyservice. Die Feier sollte in der Villa stattfinden. Sie hatte
für ihre Tochter ein wunderhübsches Kleidchen selber genäht.
Es hatte ihr Spaß gemacht. Bella sah zum Anbeißen aus.
Als der Pfarrer sie taufte, schaute sie ganz verwundert um sich

mit ihren kugelrunden Augen. Freunde von Alexander wurden Taufpaten. Als Andenken erhielt die Kleine eine handbemalte Taufkerze mit einem schönen Psalm:
„ Lass dich durch nichts erschrecken und verliere nie den Mut, denn Gott der Herr ist bei dir alle Tage. "

Alexander war ein stolzer und lieber Vater. Er erklärte, dass er aus Bella die beste Sängerin aller Zeiten machen würde. Ihm war das zuzutrauen. So waren alle mal wieder zusammen zum Feiern, an einem schönen Tag. Nur die australische Verwandtschaft konnte nicht dabei sein, denn das wäre im Moment zu anstrengend gewesen.

Das Buch, das Anne angefangen hatte, als sie so große Sorgen hatte, war schon lange fertig. Aber sie wollte es nicht veröffentlichen. Sie fand, dass es nur ihr und ihrer Familie gehören sollte. Es waren ja alles so private Ereignisse. Jeder Mensch hat seine eigene Geschichte mit Sorgen, Leid und Freud zu erzählen. Sie wollte nicht, dass irgendetwas von ihrer Familie in der Klatschpresse breitgetreten werden sollte. Aber ihr hatte es gut getan, es aufzuzeichnen. Der Rat, das zu tun, hätte von einem Psychologen stammen können.

Sie war nun voller Tatendrang, sie wollte ein Märchenbuch schreiben, mit vielen schönen Zeichnungen, denn wenn ihr Enkelkind auf die Welt kam, würde es sich bestimmt darüber freuen. Auch Bella wollte sie damit erfreuen und alle Kinder auf der Welt. Sie war sich ja nicht sicher, ob es ein Bestseller würde, aber sie hoffte darauf. Mit dem Erlös könnte sie auch wieder den armen Kindern helfen.

Ihr Plan fand jetzt schon großen Beifall. Petra wollte die Zeichnungen dazu machen. Als Irina und Lea davon erfuhren, wollten beide auch eine Geschichte dazu beitragen. Peter meinte lachend, dass das ein dicker Wälzer würde, den so ein Kind gar nicht tragen könnte. Alle mussten lachen bei dem Gedanken.
Seine Frau hatte nun noch eine viel bessere Idee, es sollten kleine Bücher werden und jedes halbe Jahr sollte eine Fortsetzung erscheinen. Das wäre genial. So könnte sich ein Kind das Buch zum Beispiel zum Geburtstag wünschen und das nächste zu Weihnachten auch.
Nun suchte sie zuerst einen Namen. Das musste gut überlegt werden. „Micky Maus" hatte Walt Disney erfunden, der gute Mann starb schon 1966 und immer noch sind die Kinder begeistert von den Filmen und Büchern. Johanna Spyri war die Autorin von „Heidi", das Buch wurde in mehr als 50 Sprachen übersetzt und erfreute Klein und Groß. Globi–Bücher wurden schon 1932 erfunden, sind immer noch im Handel.
Anne überlegte und überlegte... plötzlich dachte sie an die kleine Bella... Ja, das war es. Ihre Kinderbücher sollten einfach den Namen der Tochter ihrer Schwägerin bekommen, von Bella, dem kleinen Mädchen aus Afrika.
„Warum bin ich nicht gleich darauf gekommen?", fragte sie sich selbst. So konnte sie noch viel Wissenswertes über Afrika schreiben und auch über die Schweiz.
Am anderen Tag fing sie schon an, kurze Geschichten und Verse

zu schreiben.

In ihrem Bekanntenkreis gab es auch jemand, der einen Verlag führte. Anne rief dort an, um ihren Vorschlag zu unterbreiten. Der Verleger fand diese Idee sehr interessant und sagte zu. Anne handelte etwas wegen des Preises, denn ihre Bücher sollten ja erschwinglich sein für die Kinder.

Petra machte wunderschöne Zeichnungen aus Afrika und Anne zeichnete natürlich auch. Bald ging sie mit ihren Vorlagen zum Verlag. Der zuständige Herr Meier konnte nur staunen. Er nahm das Projekt gleich als Erstes in Arbeit, damit noch vor Weihnachten das Buch „Bella" in jeder Buchhandlung zu finden sein würde.

Eine Woche nach Annes Besuch kam schon eine Vorlage. Der Familienclan befand es für sehr gut. So wurde Anne zur Schriftstellerin.

Sie strahlte vor Freude, als sie ihr Werk in den Händen hielt. Ihr Mann war richtig stolz und machte mündlich Werbung. Peter wollte auch Flyer haben, die er seinen Geschäftsfreunden massenweise verschickte. Anne fürchtete, dass er etwas übertrieb damit.

Bald war die erste Auflage vergriffen, die Leute wollten das Buch zu Weihnachten für ihre Kinder haben, denn ein Teil des Erlöses floss in die Stiftung für die afrikanischen Kinder. Das motivierte die Käufer noch mehr, denn zu Weihnachten wollte jeder Mensch gern etwas Gutes tun und bei Anne Dewo wusste man, dass das Geld ganz sicher ankam. Der Verlag hatte so einen Ansturm gar nicht erwartet. Die Druckerei musste eine

Nachtschicht einlegen.

Bella erkannte sich sogar auf dem Cover, das war ja auch nicht so schwer zu erraten wegen ihrer Hautfarbe, ein Problem hatte sie damit nicht.

Die frohe Botschaft mit dem Kinderbuch war natürlich auch in Australien angekommen. Lucille übernahm die Übersetzung. Bald erschien dann das Kinderbuch „Bella" auch in englischer Sprache.

Anne dachte oft an ihre verstorbene Tochter Maya, besonders in der Weihnachtszeit, dann sah sie im Geiste ihre Kinder draußen im Schnee spielen und hörte ihr Lachen. Peter tat alles, damit sie nicht zu traurig wurde, ihm tat es ja genauso weh. Er lenkte sie mit einer kleinen Reise ins Tessin ab, der Sonnenstube der Schweiz. Es waren ja nur knappe drei Stunden Fahrt. Dann war man schon unter Palmen. Sie machten lange Spaziergänge am Lago Maggiore und tranken gemütlich Kaffee an der Piazza Grande in Locarno oder fuhren bis nach Ascona, ein exklusiver Ferienort.

Der Charme des früheren Fischerdorfes ist heute noch zu spüren. Rund um die Kirche San Pietro e Paolo, dem Wahrzeichen der Stadt, schlängeln sich zahlreiche schmale und enge Gassen. Dort findet man kleine Läden und Restaurants. Die Uferpromenade mit ihren zahlreichen zum See hin offenen Arkaden gilt als die schönste Flaniermeile am gesamten Lago Maggiore. Das einzigartige Klima am See erlaubt es durchaus, seinen Kaffee auch im Winter im Freien zu genießen, und die umliegenden Berglandschaften lassen jedes Herz höher schlagen.

Eigentlich zog es sie immer ans Wasser, erinnerte sich Anne. Warum eigentlich? Aber es war einfach herrlich. Auch das Maggiatal war einmalig. Sie hatten dort ein kleines verstecktes Hotel entdeckt. Ein Geheimtipp für Genießer. So musste es im Garten Eden ausgesehen haben, nur ein paar Schritte zum Maggia-Fluss. Ein Wasserfall schoss über die Felsen und ließ sich elegant in das grünlich schimmernde Wasser fallen in der kleinen Bucht, umrandet von einem Strand aus weißem Sand. Sie hatten so etwas noch nie gesehen und noch dazu in der Schweiz, wo man doch eher an Berge denkt.

Anne hatte immer einen kleinen Zeichenblock dabei, schon hatte sie diesen wunderschönen Anblick auf Papier festgehalten. Denn nun brauchte sie jede Menge Zeichnungen für das Buch Nummer Zwei. Für sie war das keine Arbeit, es war Freude pur, das zu tun.

Peter fotografierte sehr gerne, seine Fotos wurden immer besser, er hatte sogar schon einige Poster verkauft. Die Leute lieben Sonnenuntergänge über dem See und auch schöne Landschafen. Er machte das aber nur hobbymässig.

Auch die schönen Herbsttage nahmen ein Ende, langsam zog der Winter wieder ins Land. Zuhause mussten sie noch einiges im Garten erledigen, bevor der Frost keine Gartenarbeit mehr zuließ. Ein Gärtner half ihnen in letzter Zeit bei der Arbeit. Denn der Arzt hatte Peter große Anstrengungen verboten. Bald sah alles wieder perfekt aus, der Winter konnte kommen. Es dauerte auch nicht lange, da schneite es zum ersten Mal wieder und das schon Ende Oktober.

Anne wollte zu ihrer Freundin Irina, die frei hatte. Sie ging den Gehweg entlang und blieb einen Moment stehen, um die Straße zu überqueren. Da bekam sie plötzlich einen Stoß, sie schrie vor Schreck und Schmerz laut auf, flog in hohem Bogen in einen Steingarten und landete auf einem großen Findling.
Sie sah einen schwarzen Wagen davon fahren. Aufstehen konnte sie nicht, ihr Fuß tat höllisch weh. Peter hatte alles vom Fenster aus gesehen. Er rannte herbei und half Anne aufzustehen, auch hielt noch ein anderer Autofahrer an und bot seine Hilfe an.
Sie fuhren sofort ins Spital. Den fahrerflüchtigen Autofahrer hatte die Polizei schnell gefunden, er musste auf der Stelle den Führerschein abgeben.

Der Schmerz bei Anne ließ nicht nach, obschon nichts gebrochen war. Ein Knorpel sei verletzt, sagte der Arzt, das konnte man beim Röntgen nicht sehen. Anne durfte den Fuß nicht belasten, das konnte sie auch nicht, sie bekam einen Stützverband. Der Arzt untersuchte sie sehr gründlich, er entdeckte am Oberschenkel zusätzlich noch einen riesigen blauen Fleck und

Schürfwunden an den Händen.

Später konnte sie wieder nach Hause, da sie ja ihren Peter hatte.
Er versprach ihr, jeden Tag eine Spritze zu setzen gegen Thrombose, auch starke Schmerzmittel gab ihnen der Arzt mit. Anne
hatte schon viele Menschen gepflegt, nun war sie selbst auf Hilfe angewiesen.

Dann kam die Therapie, aber das Hinken blieb. Es gab Tage, da
tat es weniger weh und dann wieder mehr. Eine Treppe hinunter
gehen, das ging nicht. Sie konnte den Fuß nicht abrollen. Ihre
Freunde besuchten Anne natürlich häufig und verwöhnten sie
mit Blumen. Ihr kam der Spruch in den Sinn: *„Schenke Blumen
während des Lebens, denn auf den Gräbern sind sie vergebens!"*
Wie passend, sie hätte tot sein können, aber sie liebte Blumen
natürlich sehr.

Es dauerte lange, bis sich Besserung zeigte und sie am Arm von
Peter kurze Spaziergänge machen konnte.

Wieder war es Frühling geworden.

Bella konnte schon laufen und sprechen, sie machte täglich Fortschritte. Anne freute sich, weil ihr wirklich die ganze Familie beim zweiten Teil des Kinderbuches half. In den Buchhandlungen wurde schon danach gefragt. Das war ein gutes Zeichen. Die Verkaufszahlen schnellten wieder in die Höhe.

Lucille zeigte sich auf Skype mit ihrem Bäuchlein, sie sagte dass es nur noch wenige Tage dauern würde und versetzte die werdenden Großeltern in helle Aufregung. Anne stellte ihren Laptop gar nicht mehr ab, damit sie ja nichts verpassen würde.

Und tatsächlich! Felix rief vierundzwanzig Stunden später voller Freude an. „Es ist ein Mädchen!"

Anne musste weinen vor Glück, am liebsten hätte sie ihren Sohn umarmt, durch den Bildschirm hindurch. Peter kam gerade aus dem Garten und drückte nun Anne fest an sich.

Felix hatte sogar schon ein Foto von Mutter und Kind. Er schickte es sofort rüber. Sie beglückwünschten ihre Kinder und ließen alle herzlich grüßen. Peter druckte das Foto sofort aus und es fand seinen Platz bei den anderen Bildern.

Etwas allerdings wurde vergessen in der Aufregung... Wie war denn eigentlich der Name von ihrer Enkeltochter? Beide lachten und beschlossen, das Kind vorläufig `unsere Kleine` zu nennen. Später würden sie das sicher erfahren. Hauptsache, es waren alle gesund und munter.

Am Abend kam dann noch eine E-Mail mit dem Namen des neugeborenen Mädchens: YARA. Ein indianischer Name mit der Bedeutung: „Göttin des Wassers".

Anne hatte schon so eine Ahnung gehabt, dass es ein Name werden würde von den Lebensrettern auf der Hochzeitsreise. Sie fanden, dass es ein schöner Name war und so passend. Sicher würde sein Sohn ein Bild auf die Insel schicken, wo sie bei dem Indianerstamm gestrandet waren. Die Frau, die damals Lucille und Félix gepflegt hatte, würde sich besonders freuen, denn ihr Name war auch Yara.

Peter hatte einen Hörsturz erlitten, zum Glück merkte Anne sofort, dass er nichts verstand, als sie ihn etwas fragte. Sie hatte mal davon gelesen, dass im Gehörgang eine kleine Ader platzen könnte, der Patient das selbst nicht mal merkte, aber man musste sofort ins Spital und eine Infusion erhalten, sonst blieb der Hörschaden für immer. Peter wollte zuerst nicht gehen, ihm war ja nur ganz leicht schwindlig, aber sein Arzt ließ ihm sofort ein Bett im Spital reservieren.

Anne zog für eine Woche in die Villa, damit sie nicht so alleine war. Bella sorgte dafür, dass sich niemand langweilen konnte. Man musste ihr immer wieder Geschichten vorlesen, das gefiel ihr.

Anne humpelte ins Seerestaurant, sie musste ihren Freunden doch die Neuigkeiten mitteilen. Urs brachte ihr persönlich einen Cappuccino zum Tisch und unterhielt sich noch ein wenig mit ihr. Er fragte, ob sie selbst ins Spital fahren könnte, er würde sonst gerne als Taxichauffeur einspringen. Sie bedankte sich und meinte, dass sie darüber sehr froh wäre, aber nur wenn er wirklich Zeit hätte. Sie verabredeten den folgenden Nachmittag.

Auf dem Weg nach Hause hörte sie Schritte hinter sich, das war ja an sich nichts Ungewöhnliches, aber sie spürte, dass jemand sie verfolgte. Als sie sich umschaute, war niemand zu sehen.

In der Nacht konnte sie schlecht schlafen, immer wieder sah sie ihre Maya und erlebte den Autounfall wieder und wieder. Sie wollte das nicht, aber ihre Gedanken kamen nicht zur Ruhe. Erst gegen Morgen träumte sie von Yara, ihrem Enkelkind, das beruhigte sie. Sie träumte davon, Yara im Arm zu halten und war glücklich.

Am nächsten Tag wartete Urs pünktlich vor dem Haus, um sie wie versprochen zu Peter ins Spital zu fahren. Dem ging es gut, der Arzt hatte schon einen Test gemacht und festgestellt, dass kein Hörschaden bleiben würde. Das war sehr erfreulich, es machte Anne mehr als froh. Als Urs sie wieder zu Hause abgesetzt hatte, meldete sie die gute Nachricht gleich an Félix weiter, damit die Kinder sich nicht sorgten, sondern ihr Glück genießen konnten mit der kleinen Yara.

Ein paar Tage später ging sie zum Bäckerladen, um frisches Brot zu holen. Da vernahm sie wieder Schritte hinter ihrem Rücken, sie schaute sich dieses Mal nicht um, sie wollte beweisen, dass sie keine Angst hatte.
Sie kaufte sich vorsichtshalber ein Pfefferspray, das sie nun immer in ihre Jacke bei sich trug.
Peter wurde bald entlassen, er fühlte sich prima dank der guten Pflege im Spital. Anne dachte, dass dieser Verfolger nun aufgeben würde, wenn er sie zusammen mit ihrem Mann sähe. Aber wieder hörten sie laute Schritte, die verstummten, wenn sie sich umsahen.
Peter schüttelte den Kopf über so viel Dreistigkeit.
Ihm kam eine wunderbare Idee. „Wir könnten doch wieder einen Hund kaufen, der würde diesen Unbekannten fernhalten."
Ihre Kinder hatten doch früher so viel Freude mit Rex gehabt.
Leider waren die Katzen der Kinder auch schon gestorben. Petra wurde gefragt, was sie davon halten würde, denn schließlich würde ein Hund sozusagen zum Familienmitglied werden.
Alle waren einverstanden. Zusammen gingen sie zuerst ins Tier-

heim schauen. Bella lief den Gang entlang und blieb plötzlich stehen, als eine Hundeschnauze sich durch das Gitter bemerkbar machte. Sie streichelte den Hund, soweit ihr kleiner Arm hineinreichte. Vor Schreck wurde Petra ganz blass, denn sie hatte ihrer Tochter verboten, ein Tier anzufassen, das sie nicht kannte.

Dem Hund schien das aber sehr zu gefallen, er war ganz zerzaust, wahrscheinlich war es der hässlichste Hund, den es auf der ganzen Welt gab. Seine Augen schauten die Menschen an, die nun vor seinem Käfig standen, sie flehten förmlich: „Nehmt mich mit!"

Na ja, meinte Peter, falls er bellen kann, ist er sicher gut, um Leute zu erschrecken. Damit erntete er strafende Blicke...

Der Tierpfleger sagte, dass der Hund Bello hieße und einer alten Dame gehört hatte, die ihn nicht ins Altersheim mitnehmen konnte. Die Papiere wurden ausgestellt und Bello gehörte nun ihnen. Reiner Zufall oder Bestimmung, dass der Name so ähnlich klang wie der von Bella?

Anne wollte wissen, in welchem Heim die Dame lebte, denn man könnte ihr ja mit Bello zusammen einen Besuch abstatten bei Gelegenheit. Nun setzte sich die ganze Clique in Bewegung. Bello schaute zuerst etwas skeptisch, als sie ihm die Leine anlegten, dann machte er Freudensprünge, er war richtig außer sich. Peter holte noch Hundefutter und dann ging es nach Hause. Dort musste der arme Hund sich ja auch noch eingewöhnen. Er beschnupperte alles und dann schlabberte er zuerst mal Wasser aus seiner Schüssel. Er wich nicht von Bella, das war in gutes Zeichen.

Jeder Hundezüchter würde bestätigen, dass ein Golden Retriever kein Hund war, um Einbrecher zu vertreiben. Diese Rasse war geduldig, aufmerksam und treu.

„Na gut", dachte Anne, „dann soll er eben `freundlich` diesen Geist vertreiben, der mich verfolgt auf Schritt und Tritt."

Bello musste jeden Morgen Gassi gehen, also ging Anne zum ersten Mal allein mit ihm zum Hunde-WC am See.

Die Schritte kamen wieder näher, Bello blieb stehen und schaute sich knurrend um.

„Hach, er hat doch Beschützer-Instinkt", dachte Anne. Die Schritte wurden leiser und verstummten ganz. Das war schon sehr merkwürdig. Auch, wie schnell Bello sich an seine neue Familie gewöhnt hatte. Wollte ein Geist ihr Angst machen, damit sie auf die Idee kämen, Bello zu holen? Möglich wäre es. Es musste ein guter Geist gewesen sein.

Da Anne nun schon unterwegs war, ging sie mit dem Hund zum Altersheim und fragte nach der ehemaligen Hundebesitzerin, Frau Ney. Man sagte ihr, dass sie im ersten Stock Zimmer Nr. 11 bewohnte.

Anne klopfte, sie hörte Schritte, die erinnerten sie stark an diese anderen Schritte... Dann öffnete sich die Tür und eine kleine weißhaarige Dame sah verwundert auf ihren Besuch. Sie rief: „Bello, ich wusste, dass du mich besuchen würdest!" Sie kraulte ihn liebevoll. Dann erst sah sie entschuldigend Anne an und bat sie ins Zimmer. Sie erzählte Frau Ney, wie sie zum Hund ge-kommen war, diese war vor Freude ganz happy. Sie vereinbar-ten, dass Anne öfters zu Besuch käme, mit Bello natürlich. Sie verabschiedete sich von einer freudestrahlenden Frau.

Dieses Erlebnis berührte die ganze Familie sehr. Jeder wollte nun einmal mit Bello ins Altersheim zu Besuch gehen, sie konnten es kaum abwarten.

Die kleine Bella war auch schon aufgestanden, nun gehörte der Hund wieder ihr. Es war herrlich, wie die beiden zusammen spielen konnten. Bello würde natürlich in den Kinderbüchern auch eine besondere Rolle bekommen. Anne hatte schon wieder einiges vorbereitet in ihrem Computer.

Der Sommer war dieses Jahr besonders heiß und schwül. Am kühlsten war es im Haus am See. Dort konnte man im Schatten sitzen, Eistee mit Zitrone trinken und einfach mal nichts tun. Auch Bello gefiel es dort, er konnte schwimmen und Stöckchen holen, oder sich in den Schatten legen und schlafen.

Dann kam ein Brief, nicht irgendeiner, sondern er kam aus Amerika von einem Anwalt. Er schrieb, dass ein Onkel von Anne gestorben sei; da er keine Kinder hatte sollte sie eine wertvolle Truhe erben. Die anderen Sachen hatte der Onkel, von dem sie keine Ahnung hatte, seinen Kumpels vermacht. Der Anwalt fragte in dem Brief, ob sie die Truhe abholen würde oder ob er sie ihr per Luftpost zuschicken solle. Anne drehte den Brief in ihren Händen, sie war ratlos, sie wusste nichts von einem Onkel, aber neugierig war sie schon.
Sie schickte eine E-Mail an den Anwalt. Sie schrieb, dass er die Truhe schicken solle und fragte noch nach dem Namen des Onkels, bekam aber keine Antwort darauf.
Peter sagte: „Das war sicher ein Irrtum!"
Aber komisch war das Ganze schon.

Etwa einen Monat später kam ein Abholschein vom Flughafen. Sie fuhren nach Zürich, um das Erbstück abzuholen. Einige Formulare mussten noch ausgefüllt werden, dann erhielten sie das Riesenpaket ausgehändigt. Anne war richtig aufgeregt und konnte es kaum erwarten, bis sie wieder zu Hause angekommen waren. Sie griff sofort nach einem Messer, um das geheimnisvolle Paket zu öffnen.

Tatsächlich, eine aus Holz geschnitzte Truhe kam zum Vorschein. Es knarrte gespenstisch beim Öffnen, oben lag vergilbtes Seidenpapier, dann ein Brief, den Anne sofort aufschlitzte.

Ein vergilbtes Foto mit einem Mann mit Bart kam zum Vorschein. Hinten stand der Name darauf: Lars Hill.

Anne blieb der Mund offen stehen, ihr Vater hatte nie von einem Bruder gesprochen, aber nun bemerkte sie die Ähnlichkeit. Der Brief gab dann Aufschluss.

Der Bruder ihres verunglückten Vaters war nach Amerika ausgewandert, um nach Gold zu schürfen. Anne war damals noch nicht geboren und ihr Vater hatte nie darüber gesprochen.

Die Goldsucher von damals waren alle im Goldrausch gewesen. Sie wollten reich werden. Aber das harte Leben machte einsame Menschen aus ihnen. So auch Lars Hill. Lange Zeit war er verschollen gewesen, alle dachten, dass er tot sei.

Nun war er allerdings wirklich tot. Er hatte einsam in einer Hütte gelebt und die Truhe wurde von den Polizisten mitgenommen, als man seine Überreste fand. Er hatte testamentarisch festgelegt, dass man seinem Bruder diese Truhe schicken sollte. Anne musste sich setzen.

Peter fand dann kleine Lederbeutel in der Truhe, gefüllt mit Gold. Sie kam sich vor wie die Goldmarie aus dem Märchen mit Frau Holle. Sie glaubte, dass sie träume, aber es war kein Traum. Noch mehr alte Fotos lagen in der Truhe und ein Brief an den Vater von Anne.

Mit zittrigen Händen las sie, was da geschrieben stand:

Lieber Bruder.

Ich wollte mich immer bei dir melden, aber du warst damals nicht einverstanden damit, dass ich euch verließ. Ich wollte dir beweisen, dass ich reich werde. Aber du warst viel reicher als ich, du hattest Frau und Kind. Ich habe nie die richtige Frau gefunden. Aber ich habe Gold gefunden, das ich mit niemand teilen konnte. Ich habe dich nicht vergessen, doch mein Leben lief anders, als ich es eigentlich geplant hatte. Ich fing an zu trinken. Ich konnte nicht mehr zurückkommen, dazu war ich nicht mehr fähig.
Hoffentlich bekommst du die Truhe, wenn ich tot bin.

In Liebe
Dein Bruder Lars

Anne wischte sich die Tränen ab. Sie dachte, dass sich die beiden Brüder sicher in der Ewigkeit wieder getroffen haben und nun alles mit ansehen konnten. Sie besprach mit Peter, was sie nun damit tun sollten. Dann legten sie die Säckchen in eine Aktentasche, außer einem, den wollte Anne behalten. Danach rief sie bei der Bank an, um einen Termin zu vereinbaren. Der Direktor staunte nicht schlecht, als er diesen Reichtum sah. Es war wirklich reines Gold von bester Qualität. Der Goldpreis stand zu dieser Zeit sehr hoch, Anne hatte ein riesiges Vermögen geerbt. Es war selbstverständlich, dass sie nun ihrer Stiftung eine große Summe Geld überwies und auch dem Projekt in Afrika.
Sie teilte einfach mit ihrer Familie. Alle waren ihr so dankbar, es machte das Leben etwas angenehmer. Die Oma hatte schon im-

mer gesagt: „Geld macht nicht glücklich, aber es beruhigt!"
Annes Haare wurden immer weißer, aber es stand ihr gut. Das
meinte natürlich auch ihr Mann.

Sie beschloss: „Da wir ja nun so reich sind, sollten wir uns nach
einem Seniorenheim umsehen, wer weiß, ob wir nächstes Jahr
noch in der Lage sind unseren Garten zu pflegen." Es war nicht
das allein, was sie zu diesem Schritt zwang, sie spürte auch, dass
sie vergesslich wurde.

Zu allem Übel hatte sie am Morgen einen Spruch auf dem Ab-
reißkalender gelesen: *Am Anfang war Zukunft - Dann häuften
sich Erinnerungen - Am Ende räumt Vergessen auf.*

Es war mit siebzig Jahren nicht außergewöhnlich, ein wenig
vergesslich zu werden, aber sie meinte, dass sie niemandem zur
Last fallen wolle, falls sie an Alzheimer erkranken würde oder
Demenz bekommen sollte.

Ihr Mann versprach, sich mal umzusehen, beruhigte sie aber, sie
solle sich bloß nichts einbilden. Er meinte, dass etwas Höhenluft
nicht schaden könne. Sie wohnten so nahe am Berg, aber Anne
hatte immer Angst, in eine Gondel zu steigen. Peter konnte so
schön betteln, da gab sie sich einen Ruck. Sie fuhren mit dem
Auto zur Alp und mit der nächsten Gondel ging es bergauf. Anne kniff zuerst etwas die Augen zu, ihr war schwindelig, aber
Peter hielt ihre Hand und plötzlich genoss sie die Fahrt nach
oben.

Das hatte sie nicht erwartet, ihr fehlten die Worte als sie die
Aussicht vom Säntis bewunderten, 3500 Meter über dem Meer,
hatte man Sicht auf sechs Länder. Die felsige Landschaft war
einfach schön. Sogar Schnee lag noch in den schattigen Spalten.

Bergdohlen flogen über die Terrasse vom Restaurant, sie ließen sich von den Gästen füttern. Auch ein paar Gämsen sah man weit weg herum spazieren.

Es war beeindruckend, wie gut der Gehweg mit Glas geschützt war. Anne bedankte sich voller Freude, dass Peter sie dorthin gebracht hatte. Sie hatte das Gefühl, ihrer Tochter da oben viel näher zu sein und konnte sich nicht satt sehen. So gab sie den Fotoapparat einer Touristin und fragte, ob sie ein Bild von ihnen machen könnte. Die Japanerin verstand sicher kein Wort, aber sie knipste sofort ein paar Bilder.

Am Abend gondelten sie müde, aber glücklich wieder den Berg hinunter.

„Das wollen wir nun öfters tun", bettelte Anne.

Peter lächelte spitzbübisch. „Als nächstes machen wir eine Mondscheinfahrt, oder wir klettern den Berg hinauf", sagte er, aber mit Klettern war seine Frau nicht einverstanden, das war ihr zu gefährlich.

Es war wieder an der Zeit Frau Ney im Altersheim zu besuchen. Doch Anne fragte, ob Frau Ney Lust hätte zu ihnen in die Villa zu kommen, sie würde ihr ein Taxi schicken. Die alte Dame nahm dieses Angebot gerne an und kam nachmittags.

Bello freute sich tierisch, genauso wie auch die Familie, die anwesend war. Anne erzählte von ihrem Ausflug. Frau Ney war erstaunt, denn sie war früher auch schon oben gewesen, da war es aber noch nicht so modern ausgestattet.

Nach einem kleinen Rundgang im Park und im Haus gab es Tee und Kuchen. Bello wich nicht von Frau Neys Seite, außer, wenn

Bella ihm den Ball zurollte, dann spielte er ein wenig. Anne hatte vorsichtig gefragt, ob Frau Ney Kinder hätte. Sie verneinte, ihr Sohn war bei der Geburt gestorben und ihr Mann lebte auch nicht mehr. Der einzige, der ihr geblieben war, war der Hund, der ihr nun auch nicht mehr gehörte. Sie lebte von ihrer Witwenrente.

Anne sah Peter nur an, der nickte.

Anne erzählte Frau Ney, dass sie Gold geerbt habe und ihr wollte sie sehr gerne etwas davon schenken, denn Bello sei für ihre Familie Gold wert.

Das käme doch nicht in Frage, meine Frau Ney. Aber Anne ließ sich nicht davon abbringen, ihr einen Scheck zu überreichen.

Die alte Frau weinte, als sie sah, wie großzügig ihre Freunde waren. Das hatte sie in ihrem ganzen Leben noch nie erlebt und nicht erwartet.

Félix und Lucille wollten im Oktober mit der Kleinen zum Geburtstag von Anne kommen. Hoffentlich war es dann noch warm genug, damit Yara sich nicht erkältete. Auch wollten sie sich persönlich bedanken für das Geldgeschenk.

Petra und Alexander waren von einer Tournee zurück, so passte das ganz gut. Sie organisierte alles, was zu einer Feier gehörte. In solchen Sachen war Petra ein Talent.

Alles lief wie am Schnürchen. Da Anne im Haus am See weilte und ein Bild fertig malen musste, wurde das Fest eine richtige Überraschung.

Anne strahlte nur so, denn auch ihre Freunde vom Seerestaurant waren gekommen. Als sie dann endlich ihr Enkelkind Yara im Arm halten durfte, glaubte sie vor Glück zu zerspringen. Für sie war es das größte Geschenk.

Lyn und Jake hatten eine Glückwunschkarte mit einer CD mitgegeben und eine Flasche Teebaumölextrakt. Dieses Öl gebrauchen die Australier um Wunden zu heilen, zum Gurgeln, sogar bei Fußpilz und Läusen kann man es einsetzen. Das stand alles auf der Flasche beschrieben. Alexander meinte, Läuse hätten ihnen gerade noch gefehlt, er kugelte sich vor Lachen.

Peter war plötzlich verschwunden, dann kam er zurück mit siebzig roten Rosen und überreichte sie seiner Liebsten. Callas waren keine zu bekommen, lachte er. Er freute sich über die überraschten Gesichter, schnappte sich den Eiskübel, füllte ihn halb mit Wasser und stellte die Rosen hinein. Nun fragte er schelmisch: „Willst du nun noch 70 heiße Küsse?"

Anne musste lachen, meinte aber, dass sie vorläufig mit einem Kuss zufrieden sei. Sie hatte schon vorher Rosenduft gerochen, sie war fest überzeugt, dass Maya da gewesen war.

Yara schlief nun in der Wiege, in der ihr Vater schon darin geschlafen hatte. Bella staunte und streichelte das Baby, sie liebte es. Es sah fast so aus, wie die Puppe, die sie hatte.

„Nun gibt es zuerst etwas zu essen, es wird sonst kalt!", verkündete Petra, „die anderen Geschenke kannst du nach dem Essen auspacken liebe Anne."

Der Wein für `besondere Gelegenheiten` stand auch bereit, sie prosteten sich zu und wünschten dem Geburtstagskind alles Liebe und Gesundheit. Im Hintergrund hörte man hawaiianische Musikklänge, die Anne so gerne hörte.

Peter machte einige Fotos zur Erinnerung an diese schöne unvergessliche Feier.

Félix konnte nur eine Woche mit seiner Familie bleiben, dann reisten sie wieder ab. Anne hatte Tränen in den Augen, aber sie war ja so froh, dass sie gekommen waren. Sie schenkte Félix noch einen kleinen Goldklumpen zur Erinnerung an seinen unbekannten Onkel Lars.

Dann fuhr Peter sie zum Flughafen nach Zürich. Er erzählte, dass Anne sich für ein Heim interessierte, da sie Angst vor Alzheimer hätte und niemand zur Last fallen wollte. Félix war schockiert darüber. Er machte sich große Sorgen um seine Mutter. Er hoffte, dass es nicht soweit kommen würde.

Nun war es zu Hause wieder etwas ruhiger geworden.

Anne hatte noch keinen Arzt wegen ihrer Vergesslichkeit aufgesucht. Das tat sie nun in Begleitung ihres Mannes.

Der Arzt untersuchte sie sehr gründlich, machte Tests und stellte Fragen. Dann sagte er, dass er sich nicht ganz sicher wäre, zuerst müsste die Computertomografie noch ausgewertet werden. Aber sie solle sich keine Sorgen machen, wenn die Krankheit im Frühstadium entdeckt würde, gäbe es sehr gute Medikamente, welche helfen würden.

Beim nächsten Besuch konnte der Arzt sie beruhigen, es war einfach das Alter. Stress sollte sie aber vermeiden und einfach das Leben genießen. Das war eine gute Diagnose, fand Anne und umarmte spontan ihren Mann.

Der Arzt kannte die Familie nun schon lange, er gab Peter zu verstehen, dass er ihn anrufen solle. Peter wunderte sich etwas und telefonierte dann später. Der Arzt sagte ihm, dass Anne doch an dieser furchtbaren Krankheit Alters-Demenz leiden würde, er hatte es für besser gehalten, ihr das nicht zu sagen, das hätte einen Schock auslösen können. Noch wäre es nicht schlimm, es könne noch ein paar Jahre dauern, bis die Krankheit von ihr Besitz ergreifen würde. Peter schluckte schwer. Seine Anne war krank, da musste auch er nun stark sein und riss sich zusammen.

Er riet ihr, so einiges abzugeben, denn der Arzt hatte ihr ja auch geraten, sich zu schonen. Sie hatte so viel durchgemacht in ihrem Leben und selber nun spürte, dass sie nicht mehr alles bewältigen konnte.

Also suchte Anne jemand, der die Stiftung leiten sollte.

Auch das Kinderbuch mussten ihre Freunde nun übernehmen. Die freuten sich, dass Anne so großes Vertrauen in sie setzte. Petra half natürlich immer noch mit, da sie ja Bellas Geschichten mit einbrachte und die von ihrem Hund. Sie machte das gerne.

Sogar eine Haushaltshilfe musste nun täglich kommen, damit kein Stress aufkam.

Peter besichtigte das mögliche Seniorenheim neugierig und mit gemischten Gefühlen. Es lag in der Nähe, mit Sicht auf den See und alles war ganz neu erbaut worden, auch mit Lift. Dann ging er mit Anne hin. Als sie es sah, bekam sie Lust, dort zu wohnen, ja, sie war sogar begeistert.

Das Essen wurde im Haus serviert. Ein Arzt war auch im Hause und eine Krankenschwester, falls man sie brauchte, sonst lebte man quasi wie in einem Hotel. Es gab einen wunderschönen Park mit alten Bäumen und einen Seerosenteich mit Goldfischen drin. Spontan meldeten sie sich im Seniorenheim *Seerose* an.

Der Heimleiter bestätigte, dass noch etwas frei sei. Drei schöne Zimmer, sogar mit Kochnische. Das war genau das, was sie sich vorgestellt hatten, es war eine traumhafte Suite. Es war schon möbliert, aber sie könnten natürlich ihre eigenen Möbel mitbringen, wurde ihnen mitgeteilt. Alles war perfekt, sogar die modernen Vorhänge waren einfach schön. Anne wollte den Schreibtisch ihrer Oma mitnehmen und auch ihre eigenen Bilder, denn die Wände waren noch kahl. Auch Peter gedachte, nur seinen Schreibtisch mitzunehmen und ein paar persönliche Sachen. Sie umarmten einander vor Freude und voller Zärtlichkeit. Sie waren so dankbar für das alles. Ein neuer schöner Lebensabschnitt würde beginnen.

Der Heimleiter zeigte ihnen das Restaurant im obersten Stockwerk und spendierte ein Glas Champagner. Das war die größte Überraschung des Tages. Nein, nicht der Champagner war schuld daran, sondern die Aussicht. Die war nicht zu überbieten. Man konnte nicht nur den Bodensee bestaunen, sondern man sah auch die Vorarlberger Bergkette im Abendlicht. Ein Genuss fürs Auge. Dort musste jeder Mensch sich einfach wohlfühlen.

Die Villa gehörte nun Petra und Alexander allein, zusammen mit Bella und Bello natürlich. Sie ließen Freunde bei sich einziehen, es wäre zu schade gewesen, wenn das halbe Elternhaus leer gestanden hätte.

Das Haus am See war in all den Jahren nie viel renoviert worden, das wäre dringend nötig gewesen. Als Urs vernahm, dass Anne es verkaufen wollte, überlegte er nicht lange und kaufte das Haus für Irina und sich. Sie wollten heiraten und ihren Kindern ein gemütliches Zuhause bieten. Und gemütlich war es im Haus am See, das wusste ja jeder.

Es war schön zu wissen, dass die Familie und Freunde in der Nähe wohnten und fast alles so blieb, wie es früher gewesen war. Außer natürlich die Familie in Australien, die war weit entfernt. Aber die kleine Yara würden sie ja auf dem Bildschirm sehen können.

Peter und Anne verschwanden zuerst mal für einige Zeit. Nun konnten sie ihr Leben in Ruhe genießen. Sie erfüllten sich einen Wunsch, von dem sie schon ewig träumten: Eine Kreuzfahrt auf

hoher See. Um die halbe Welt sollte es gehen. Sie waren so aufgeregt wie zwei Teenager, als sie das Traumschiff betraten.

Anne fand einen Zettel auf ihrem Kopfkissen in der Kabine und
einen Strauß weiße Callas.

*Meine Zärtlichkeit ist so grenzenlos
als die See, meine Liebe so tief,
je mehr ich dir gebe, je mehr ich habe,
denn beide sind unerschöpflich*
Von William Shakespeare

nein

DEIN Peter für immer und ewig.

Anne war ja so glücklich. Sie war noch nie auf einem so großen
Kreuzfahrtschiff gewesen. Sie hatte das Gefühl, als wäre sie in
einer schwimmenden Stadt. Es gab viele exklusive Kleiderläden,
Geschenkboutiques, einige Friseursalons, Blumenläden und di-
verse Schmuckgeschäfte, auch Schuhe konnte man kaufen. Seit
ihrem Unfall kaufte Anne nur noch bequeme Schuhe. Highheels
sah sie gerne bei anderen, aber sie trug diese Schuhe schon lange nicht mehr.
Peter war begeistert von den vielen Liegestühlen, er würde sich
mal so richtig von der Sonne bräunen lassen. Aber das sah seine
Frau wieder anders, sie hatte Angst, dass er Hautkrebs bekommen könnte. Man sollte doch gut aufpassen auf die Haut, auf das

größtes Organ, das man besitzt. Früher hatte sie immer ihre Kinder gut mit Sonnenschutz-Crème eingerieben im Sommer.

Da waren ja auch noch Fitnessräume und ein riesiger Swimmingpool. Sauna, Massage, alles konnte man haben. Die Stewards in ihren weißen Uniformen waren behilflich wo sie nur konnten. Essen durfte man, so oft man wollte.

Aber das waren die beiden nicht gewöhnt. Anne lachte, sie meinte, dass sie nachher kugelrund aussehen und ihre Lieben zu Hause sie gar nicht mehr erkennen würden. Sie sagte kichernd: „Nun verstehe ich, dass man auf dem Schiff Kleider kaufen kann, weil einem alles zu eng wird."

Nun waren sie schon zwei Tage unterwegs, überall Wasser. Irgendwie komisch, dass das Meerwasser nicht trinkbar war wegen des Salzgehalts. Sie hatten einen Film gesehen, da waren Menschen auf einem Rettungsboot, die fast verdurstet wären, obschon sie nichts als Wasser um sich herum hatten, das musste furchtbar gewesen sein. Die ganze Erde besteht aus 71% Wasser, einfach unglaublich!

Auf ihrem Schiff gab es auch ein Kino, aber dort würden sie ganz sicher nicht den Untergang der Titanic zeigen, hoffte Anne, denn sie hatte ein wenig Angst.

Die Reise verbrachten sie aber nicht nur auf dem Meer. Es waren einige Ausflüge geplant in verschiedenen Städten.

Abends war es ganz besonders schön, fand Anne, dann saßen sie im großen Speisesaal und konnten während des Essens gute Musik hören und das live.

Gesprächspartner gab es genug an Bord. Vor allem die älteren Herren plauderten gerne mit Anne; so manchen eifersüchtigen

Blick ihrer Damen musste sie einstecken.

Peter fand das sehr interessant und meinte: „Du wirst mir doch nicht etwa untreu werden?"

Da lachte Anne nur. Die meisten Gäste waren schon etwas älter, das lag wahrscheinlich daran, dass sie nun pensioniert waren und endlich Zeit fanden, sich eine Reise zu gönnen. Sie lernten einige ganz nette Leute kennen und schätzen.

Der nächste Hafen, an dem man an Land gehen konnte, war Hongkong. Der Herbst in Hongkong ist eigentlich warm, aber die Luft ist tropisch feucht. Anne und Peter wollten trotzdem auch an Land.

Viele Passagiere steuerten in die Tun Choi Street, dort befand sich ein kilometerlanger Straßenmarkt. In den belebten Gängen befanden sich nicht nur Kleider, sondern auch Uhren, Taschen, Kosmetika, CDs und noch so manche Souvenirs. Peter und Anne staunten über die Käufer, welche um den Preis feilschten, es ging ziemlich laut zu. Peter kaufte einige Ansichtskarten, die wollten sie verschicken. Er hatte die Adressen zu Hause schon ausgedruckt und mitgenommen.

Anne meinte, dass sie eigentlich lieber was anderes sehen wollte, ihr war etwas zu viel Lärm. In dem Moment wurde ihr die Handtasche entrissen. Der Versuch von Peter, hinterher zu rennen, scheiterte kläglich, die Menschenmenge machte es unmöglich und der Dieb war so schnell untergetaucht, er war nicht mehr zu sehen.

Sie setzten sich an einen Tisch von einem Straßencafé und bestellten ein Wasser, damit Anne wieder Farbe ins Gesicht bekam und sich von dem Schock erholen konnte.

Aber dann erinnerte sie sich, dass sie die weiße Handtasche schnell genommen hatte, als sie von Bord gingen, weil die besser zu ihrem Sommerkleid passte. Aber sie hatte vergessen, dass die leer war, nichts war drin, außer ein paar Papiertaschentüchern. Sie hatte noch eine schwarze Umhängetasche mit. Darin befanden sich ihre Geldbörse samt Ausweis und Kreditkarten und die lag noch in ihrer Kabine. Anne lachte plötzlich laut auf und konnte fast nicht mehr aufhören. Sie erklärte Peter, warum sie so lachen musste. Der Dieb wird auch große Augen gemacht haben, als er die Tasche blickte. Hongkong war ja eine schöne Stadt, aber sie fanden beide, dass ihre Heimat doch etwas gemütlicher war.

Die Reise ging weiter, der nächste Hafen: Sharm El Sheikh. Wow, das war dann schon etwas protzig, extra für Touristen aufgebaut und ausgerichtet und für Menschen, die das Geld gerne zum Fenster hinaus werfen. Vor nicht so langer Zeit waren dort nur Wüste zu sehen und keine Golfplätze. Hai-Attacken im Urlaubsparadies sind an der Tagesordnung. Anne erschauderte. Wer also im roten Meer baden wollte, musste damit rechnen, dass das Vergnügen blutig enden könnte. Es war doch viel entspannender auf dem Schiff.

Allein in ihrer Kabine nahm Peter Anne in die Arme, da war es wieder, dieses tiefe Glücksgefühl, das sie beide miteinander erleben konnten.

Als sie in Lissabon ankamen, gingen die Leute wieder gruppenweise an Land. Man konnte vom Schiff aus auch viele Sehenswürdigkeiten Portugals bewundern.

Die Zeit verging wie im Fluge. Bald waren sie schon drei Wochen auf dem Meer und immer hatten sie gutes Wetter gehabt. Jetzt gab es etwas Sturm und Regen. Die Crew beruhigte die Passagiere, denn es sei nur ein mäßiger Sturm, niemand hätte etwas zu befürchten. So blieben alle unter Deck, wo es ja auch nie langweilig war. Der Kapitän und die Crew hatten vorgesorgt, es gab einen ganz tollen Unterhaltungsabend. Man hatte das Gefühl, eine große Familie zu sein.

Tatsächlich, am nächsten Tag hatte sich das Meer etwas beruhigt und die Sonne lachte wieder vom Himmel.

Anne bemerkte eine weiße Taube, welche sich ihr immer mehr näherte, sie zeigte noch etwas Angst, aber dann flog sie plötzlich zu ihr und blieb neben ihrem Liegestuhl auf einem Bein stehen. Anne redete sanft auf sie ein. Die Taube schaute ganz ängstlich zu ihr hoch. Plötzlich begriff Anne, dass sie Hilfe suchte. Sie streichelte sie, dann nahm sie die Taube hoch und sah sofort, dass etwas mit ihrem Bein nicht in Ordnung war. Peter ging den Schiffsarzt fragen, was man tun könnte. Der war sehr erstaunt. Er sah sich das kleine Bein an und stellte fest, dass es gebrochen war. Ganz vorsichtig band er einen kleinen Stützverband herum. Dann legte Anne sie in den Käfig, den der Arzt mitgebracht hatte. Hoffentlich verstand der Vogel das, vielleicht war es eine Brieftaube, die unterwegs war zu ihrem Schlag. Jeden Tag fütterte Anne nun ihren Schützling. Peter hatte mal etwas gelesen über Brieftauben, die wurden schon früher eingesetzt, als es noch gar keine Brief-Post gab. Am Abend diskutierten alle Passagiere über den `blinden` Passagier.

Es war merkwürdig, dass die Taube sich ausgerechnet Anne

ausgesucht hatte. Fast jeder pilgerte nun einmal am Tag am Käfig vorbei. Peter machte natürlich viele Fotos. Sonst würden ihnen niemand glauben daheim.

Nach zehn Tagen sah sich der Arzt das geschiente Beinchen an, es schien wieder in Ordnung zu sein. Er befestigte aber vorsichtshalber noch einen kleinen Verband drumherum. Nun ließ er den Käfig offen stehen. Anne streckte ihre Hand hinein und schon hüpfte die Taube ihr entgegen. Ihre roten Augen funkelten, so als wollte sie etwas sagen, dann hob sie sich in die Luft, kreiste noch einmal über das Schiff und verschwand, wie sie gekommen war.

Der nächste Halt war Hamburg und dort war die Reise dann auch zu Ende. Am Abend vorher gab es aber noch eine große Abschiedsfeier im Speisesaal. Der Kapitän bedankte sich bei den Gästen und schüttelte jedem persönlich die Hand. Er überreichte Anne ein kleines Päckchen zum Abschied und wünschte ihnen auch eine gute Heimfahrt. Sie war so gespannt, ein Geschenk vom Kapitän persönlich... Was konnte das bloß sein? Eilig öffnete sie das Papier. Zum Vorschein kam eine wunderschöne weiße kleine Abendtasche, aus der Schiffsboutique. Sie war ganz ergriffen, dass der Mann das noch wusste und ihr damit eine große Freude bereitete. Ein Ersatz für die gestohlene Handtasche in Hongkong. Die Reise hatte ihnen gut getan, es war einfach fantastisch gewesen. Am Morgen verließen alle das Schiff. Peter blieb aber noch mit Anne bis am Abend in Hamburg, es war nun nicht mehr so warm, der Winter nahte mit großen Schritten.

Sie fuhren mit dem Nachtzug nach Hause. Ihr Heim war ja nun in der *Seerose*, sie freuten sich darauf. Außer ein paar SMS hatten sie nichts gehört von ihrer Familie. Ein gutes Zeichen, wenn man nichts hört, ist immer alles in Ordnung.

In Zürich wurden sie von Urs und Irina abgeholt und fest umarmt. Die beiden wohnten nun im Haus am See. Sie hatten alles neu streichen lassen. Auch eine neue Fassade hatte das Haus erhalten. Sie wollten dann später alles ganz genau erzählt bekommen von der Kreuzfahrt.

Im Heim stand ein Strauß duftender Rosen auf dem Tisch ihrer Suite. Schön, dass die Leute sie so verwöhnten.

Peter freute sich, er sah, dass Anne ruhig und gut erholt wirkte und hoffte inständig, dass die Demenz–Erkrankung seine Frau noch lange verschonen würde. Das war sein größter Wunsch, er hatte sogar in der Kapelle auf dem Schiff Gott darum gebeten.

Petra hatte sie zum Kaffee eingeladen, denn Bella konnte es kaum erwarten, ihre Tante und ihren Onkel wieder zu sehen. Auch Bello machte Freudensprünge. Frau Ney, der früheren Besitzerin von Bello ging es auch gut, berichtete Alexander, er besuchte sie oft mit Bello, wenn er mit dem Hund Gassi ging. Die Reise war schön gewesen, aber es war auch schön, wieder zu Hause zu sein. Auch das Essen war sehr gut in ihrem Heim, es gab immer Früchte und auch viel Gemüse und Salate in allen Variationen. Der Heimleiter, Herr Dobson, hatte gehalten, was er versprochen hatte. Ein erstklassig geführtes Heim, wo man sich wie zu Hause fühlte.

Anne vergaß nun öfters etwas, ein Außenstehender hätte es nicht bemerkt. Peter bemerkte aber, dass sie an einem Tag manchmal das Gleiche dreimal erzählte. Niemand konnte wissen, wann die Krankheit sie ganz in einen Schleier des Vergessens einhüllen würde.

Peter skypte mit seinem Sohn in Australien. Anne freute sich riesig, ihre Familie zu sehen, wenn auch nur am Bildschirm. Vor zwanzig Jahren wäre das nicht möglich gewesen. Yara war schon etwas gewachsen, sie konnte so schön lächeln. Sie sah genauso aus wie Félix, als er klein gewesen war.

Es wurde ein strenger Winter, wie schon lange nicht mehr. Der Hafenmeister befürchtete, dass der Bodensee zufrieren würde, wie damals 1962/63. Das war damals ein Ereignis, den See konnte man zu Fuß überqueren, wenn man keine Angst hatte, kalte Füße zu bekommen. „Seegfröni": das schweizerdeutsche Wort wurde sogar im Duden aufgenommen.
Jeder Winter geht vorbei, es waren doch nur so Eisteller auf dem See, welche im Hafen schwammen. Wer mochte schon sibirische Kälte hier in Europa?

Langsam aber sicher bekam die Sonne wieder etwas mehr Kraft und die ersten Frühlingsblumen konnte man schon in den Läden kaufen. Auch im Park beim Heim Seerose sah man schon Schneeglöckchen, und die Osterglocken zeigten neugierig ihre spitzen Blätter aus der Erde.
Peter ging mit Anne Arm in Arm im Park spazieren, es war ein wirklich schöner Tag. Da erblickten sie plötzlich die weiße Taube vor ihnen. Anne streckte die Hand aus und schon flog sie auf

ihren Arm. Peter entdeckte sofort, dass etwas an ihrem Fuß be-
festigt war. Es war ein kleiner Brief, ganz fein zusammengerollt:
*Wer immer sie sind, ich bedanke mich von Herzen, dass meine
Taube ihren Weg wieder gesund zu mir gefunden hat, bitte rufen
Sie an, wenn sie können!*
Da stand auch noch eine Telefonnummer darauf.

Das war so ein emotionaler Moment. Anne konnte ihre Tränen
nicht zurückhalten. Aber sie hatte die Taube nicht vergessen und
die weiße Taube hatte sie gefunden. Das grenzte an ein Wunder.
Nach ein paar Minuten flog sie gurrend wieder hoch gen Himmel...

Die beiden gaben sofort die Nummer in ihr Handy ein und warteten voller Spannung. Plötzlich meldete sich eine jugendliche
Stimme: „Hallo, hier bei Kern, Andi am Apparat."

„Hallo Andi, hier ist Peter, sag mal, hast du eine Taube?"

„Ja, war die Taube da? Ich wollte mich persönlich bedanken",
klang es aufgeregt aus dem Telefon.

Peter erzählte dem Jungen dann ganz genau, wie sich das alles
mit der Taube zugetragen hatte und fragte, wo er denn wohnen
würde.

„Ich wohne in Hamburg hoch oben in einer Dachwohnung mit
meiner Mutter und habe vier Brieftauben, die ich immer zu
Freunden losschicke, das ist mein Hobby und wie sie sehen, ist
meine weiße Taube besonders gescheit."

Das bestätigte Peter gerne. Er fragte nach der Adresse, denn er
wollte der Mutter von Andi schreiben.

Noch am Abend schrieb Peter an Andis Mutter, Ronja Kern, um
alles genau zu schildern und um sich ebenfalls zu bedanken,

denn die weiße Taube hatte allen viel Freude bereitet.

Eine Woche später kam schon die Antwort. Ronja schrieb, dass der Vater von Andi tot sei und sie als Putzfrau arbeiten würde, so sei der Bub oft allein zu Hause. Er habe das Hobby mit den Tauben von seinem Vater übernommen. Sie sei sehr stolz auf ihren Sohn.

Ihre E-Mail-Adresse stand auch auf dem aufgedruckten Absender. Anne freute sich über den Kontakt mit Andis Mutter. Sie hatte aber Probleme in letzter Zeit, Namen in ihrem Gedächtnis zu behalten. Peter hatte ihr eine Liste gemacht mit den wichtigsten Namen in ihrer Umgebung.

Natürlich machte die Geschichte mit der Taube nun die Runde bei allen Bekannten und Verwandten. Peter schrieb auch dem Kapitän des Schiffes, um ihm zu sagen, wem die Taube gehörte. Der meldete sich auch bei Frau Kern. Und wie das Schicksal so spielt: sie lernten sich kennen. Es dauerte nicht lange, da waren sie ein Paar und Andi hatte ab dann einen guten Freund, der sich wie ein Vater um ihn kümmerte. Das alles hatte die Taube bewirkt. Es war wie im Märchen.

Der Kapitän schickte ihnen zwei Tickets, damit sie im nächsten Jahr wieder eine Kreuzfahrt machen konnten. Das war ja einfach herrlich. Sie freuten sich jetzt schon, denn sicher würden sie dann auch Andi und seine Mutter kennenlernen. Peter hoffte, dass Anne gesund blieb bis dahin, denn sie hatte sich ja so prima erholt auf dem Schiff. Aber er merkte bald, dass es zu anstrengend werden würde. Anne brauchte nun Hilfe bei der täglichen Körperpflege, ihre Gedanken drehten sich immer mehr im Kreis.

Eines Tages stand Besuch vor der Tür, es waren Andi, seine Mutter und der Kapitän. Sie hatten geheiratet und ihre Hochzeitsreise in die Schweiz gemacht. Bei der Gelegenheit wollten sie Anne besuchen. Sie hatten eine weiße Taube aus Porzellan mitgebracht. Das war ein besonderes Geschenk. Sie fand ihren Platz bei den Fotos ihrer Lieben.

Dann fuhren alle mit dem Lift ins Restaurant.

Der Besuch konnte nur staunen wie schön es doch in der *Seerose* war, der See und die Berge faszinierten einfach. So einen tollen Ausblick hatte nicht jeder.

Peter lud alle zum Essen ein und bald war eine fröhliche Unterhaltung im Gang. Andi erzählte voller Stolz, dass sein Name nun gewechselt habe, denn der Kapitän Helmut Heiden hatte ihn adoptiert. Das war einfach klasse; wenn die Taube ihr Bein nicht verletzt hätte, dann wäre das alles nicht passiert.

Petra kam auch oft mit Bella zu ihnen, sie zeigte dann die Vorlagen für das Kinderbuch, das zu Weihnachten erscheinen sollte. Dieses Mal war auch von einem Jungen und Tauben die Rede. Petra hatte wunderschöne Zeichnungen entworfen. Anne schmunzelte, es gefiel ihr.

Sie schlief nun immer lange am Morgen. Peter ging dann eine Runde am See spazieren. Immer öfter machte er sich nun auch Gedanken, was werden würde, wenn er Anne verlor. Oft saß er in der Hauskapelle und sprach mit Gott. Gerne hätte er die Zeit zurückgedreht, aber er wusste, dass das unmöglich war. Die Vergangenheit war so schön gewesen, nicht jeder Mensch hatte es so gut im Leben, es gab noch viel Schlimmeres auf der Welt. Anne blätterte nun oft in ihrem Fotoalbum, sie wollte ihre Lieben nicht vergessen. Sie hatte zum Glück noch oft gute Momente, da sah sie alles klar und erkannte alle ihre Lieben.

Félix hatte aus Australien angerufen, um schöne Weihnachten zu wünschen. Auch die kleine Yara und Lucille winkten und schickten Handküsschen. Anne hatte nur gelächelt und mit dem Kopf genickt. Eine merkwürdige Stimmung lag in der Luft.

An dem Abend erzählte sie immer wieder von Engeln, die sie begleiten würden... Sie schmiegte sich in Peters Arme, so als wollte sie sich festhalten. Am Morgen wachte Anne nicht mehr auf. Sie war zu ihren Lieben voraus gegangen.
Ihr Gesicht sah so friedlich aus.
Peter schaute verzweifelt zu ihr nieder, er streichelte ihre Hände, die so viel Gutes getan hatten. Er weinte sich den Schmerz, den er empfand von der Seele.
So fragte er sich immer wieder, warum...

Peter konnte es nicht verstehen, seine Augen sahen seine tote, geliebte Frau, aber sein Herz war nicht bereit es zu begreifen. Er streichelte auch ihr Gesicht und fuhr voller Zärtlichkeit mit der Hand über ihre Augen, die sich nun ganz schlossen. Eine Pflegefrau legte ihm sanft die Hand auf die Schulter und führte ihn zu einem Sessel.
Er wusste natürlich, dass diese Krankheit noch viel schlimmer hätte werden können. Am Ende wäre Anne nicht mehr sie selbst gewesen und hätte ihn vielleicht nicht mehr erkannt. Sie wäre ein ganz anderer Mensch geworden. Der Arzt hatte gesagt, dass es mindestens fünfzig Arten dieser Krankheit gäbe. Millionen Menschen würden daran leiden. Das ging durch seinen Kopf, als er sah, wie sie seine Anne in einen Sarg betteten.

Sie wurde in der Kapelle der *Seerose* aufgebahrt. Dabei sah sie im Tod so schön aus, wie im Leben.

Ihre Verwandten und Freunde kamen, um Abschied zu nehmen. Ganz leise ertönte das Ave Maria von Schubert aus der Lautsprecheranlage. Dieses Lied hatte Anne immer so sehr geliebt. Die Kapelle war fast überfüllt mit wunderschönen Blumen, welche die trauernden Besucher mitbrachten. Die vielen Kerzen gaben dem Raum etwas Mystisches.

Peter hatte Félix angerufen, sie sprachen sehr lange miteinander. Sein Sohn wünschte sich, dass sein Vater für immer zu ihnen käme. Aber so schnell konnte sich Peter nicht entscheiden, seine Gedanken ließen sich noch nicht richtig ordnen. Er redete auch mit seiner Schwester Petra darüber.

Sie dachte kurz nach und meinte: „Warum eigentlich nicht, dann bist du bei deinem Enkelkind und es wird dich ablenken von der Trauer."

Das Kinderbuch würde weitergeführt werden.

„Es ist schließlich die Idee von Anne, für arme Kinder."

Irina half ja schon lange dabei mit, auch ihre Schwester und Lucille. Peter war plötzlich entschlossen, nach Australien zu fliegen, aber er wollte Annes Urne mitnehmen. Das würde ihm das Leben leichter machen.

Petra und Alexander organisierten einen würdevollen Trauergottesdienst für die Verstorbene, der bald stattfinden sollte. Peter drückte allen, die gekommen waren, um ihr Beileid zu zeigen, die Hand.

Am anderen Tag saß er zum letzten Mal auf der Bank im Park der Seerose, wo er mit seiner Frau so oft gesessen hatte. Er spürte tief im Herzen, dass sie einverstanden gewesen wäre mit seinem Tun. Plötzlich hörte er ein Flattern in der Luft, es war die weiße Taube von Andi. Sie brachte ein Kondolenzschreiben. Nachdem sie sich etwas ausgeruht hatte, flog sie wieder davon. Peter sah ihr noch lange nach, dann erst schaute er sich das Schreiben an.

Es tat gut, dass alle Menschen so Anteil nahmen an seinem Leid. Er ging in die Wohnung und überlegte, was er packen sollte. Das Fotoalbum und das Bild, welches Anne für ihn gemalt hatte... Diese Sachen waren ihm sehr wichtig, die wollte er unbedingt mitnehmen. Die Urne würde auch mitfliegen.

Drei Tage später saß er im Flugzeug.

Plötzlich grüßte ihn eine Frau, der er schon begegnet war, als sie damals zur Hochzeit geflogen waren. Sie merkte sofort, dass etwas nicht stimmte, fragte aber aus Höflichkeit nicht nach, sondern erzählte nur, dass sie ihre Tochter auf der Ranch besuchen würde. Nach der Landung war sie verschwunden.

Seine Familie wartete am Flughafen in Australien. Yara lief auf ihn zu und drückte ihn ganz fest. Das Kind verstand die traurigen Umstände noch nicht, es lachte ihren Großvater an.

Félix hatte eine wunderschöne Grabstätte machen lassen in ihrem Park. Dort, wo er und Lucille geheiratet hatten, lag nun ein großer seltener Stein mit dem Namen von Anne und einer Taube eingraviert. Dorthin brachten sie die Urne mit der Asche, ein Priester segnete die Stelle. Félix hatte den Lebenslauf seiner

Mutter geschrieben, diesen las er vor den versammelten Menschen vor. Dann sprachen alle ein stilles Gebet. Nun hatte Anne ihre letzte Ruhe gefunden. Es war ein Abschied mit vielen Tränen.

Peter hielt sich gut auf den Beinen, aber er war sehr müde.

Die Kinder zeigten ihm sein Schlafzimmer. Lucille brachte ein Tablett mit ein paar Brötchen, Tee und Wasser.

Sie verstanden alle sehr gut, dass er alleine sein wollte.

Viele liebe Menschen waren ihm vorausgegangen, auch seine Tochter Maya. Aber das Leben geht weiter.

Am Morgen klopfte Félix an die Tür und fragte, ob er etwas brauchen würde. Sein Vater war schon angezogen und kam mit hinunter zum Frühstück. Das Leben auf der Farm nahm wie immer seinen gewohnten Lauf. Heute waren Lyn und Jake noch da, sie unterhielten sich mit Peter, wollten aber nachher auf ihre eigene Farm zurückfahren. Sie luden ihn ein, zu Besuch zu kommen, wann immer er Lust dazu hätte.

Yara saß in ihrem Holzstuhl, vor sich ihren Brei, in dem sie mit dem Löffelchen und den Händchen herumpanschte.

Ihr Großvater nahm den Löffel und half ihr beim Essen. Das ließ sie sich gerne gefallen. Ihre runden braunen Augen strahlten mit der Sonne um die Wette. Als die Kleine schlief, ging Peter zum Grab. Er dachte über die schöne gemeinsame Zeit nach, die sie zusammen hatten. Er musste Gott dankbar sein, dass Anne keine lange Leidenszeit hatte.

Das Leben auf der Farm tat ihm gut. Er schaute sich alles genau an, half auch mal mit, wenn Not am Mann war.

Seine Schwiegertochter fragte ihn eines Tages, ob er auch reiten könne. Er hatte das vor vielen Jahren gelernt. Lucille meinte, das sei wie beim Radfahren, das verlernt man nicht. Sie sattelte ihm das Pferd, das sie Félix zur Hochzeit geschenkt hatte. Sie selber schwang sich auf ihren Schimmel und nun ritten die beiden gemeinsam aus, wenigstens solange Yara schlief. Félix hatte im Büro zu tun und würde die Kleine hören, wenn sie aufwachte. Peter hätte nie gedacht, dass es ihm Freude machen würde, so über das Land zu galoppieren. Langsam fand er wieder ins Leben zurück.

Aus der Schweiz waren noch eine Menge Briefe von Freunden gekommen. Erst jetzt fühlte er sich stark genug, alle zu beantworten. Mit Félix fuhr er dann in die nächste Stadt, um die Briefe aufzugeben. Sein Sohn wollte außerdem noch Futter mit nach Hause nehmen für die Pferde.

Sie hatten abgemacht, dass sie sich in dem Restaurant neben dem Postgebäude treffen wollten.

Peter sah sich in der Straße um, er suchte einen Spielwarenladen, denn er wollte Yara etwas zum Spielen kaufen. Er fand ein Würfelspiel, dabei konnte er selber auch mitspielen, die Verkäuferin hatte ihm das empfohlen.

Dann hatte er Durst bekommen und schlenderte zu dem Treffpunkt.

Plötzlich sagte jemand: „Wie klein die Welt doch ist."

Unglaublich, es war die Dame aus dem Flugzeug. Sie saß dort an einem Tisch mit ihrer Tochter. Peter begrüßte beide und gesellte sich zu ihnen.

Frau Selma Horn und ihre Tochter Lore freuten sich über die unerwartete Gesellschaft. Lore erzählte, dass ihre Ranch etwa zehn Meilen von der Dewo-Farm entfernt wäre. Ihre Tree-Ranch nannten sie so, weil davor ein paar uralter Eukalyptusbäume standen.

Eigentlich war es besser, nicht zu nahe am Haus Bäume zu pflanzen, falls es Waldbrände gab. Aber sie hatten bis jetzt immer Glück gehabt. Peter erzählte nun auch, dass Anne gestorben sei, er brachte die Worte nur schwer über die Lippen, aber man konnte es nicht ungeschehen machen.

Félix war überrascht, seinen Vater im Gespräch mit Freunden zu finden. Er kannte Lore und ihren Mann Jeff. Frau Horn wurde ihm von seinem Vater vorgestellt. Er bestellte noch eine Runde, so viel Zeit musste sein.

Lore fragte nach Yara und nach dem Kinderbuch, welches Lucille immer ins Englische übersetzte. Sie selber hatte noch keine Kinder, aber sie schenkte das neueste Exemplar immer ihrem Patenkind.

Félix versprach sofort, ihr eins zu schicken. Und Lore lud die Familie spontan zu einem Barbecue ein, dann könnten sie das Buch ja mitbringen. Es war einfach schön, wie die Menschen zusammenhielten. In der Schweiz sind die Leute auch freundlich, aber jeder will mehr für sich sein. Vielleicht liegt es ja auch an der Entfernung der Nachbarn, dachte Peter, die bekam man hier ja nicht so oft zu Gesicht.

Lucille freute sich, als sie von der Einladung erfuhr. Schon am Wochenende konnten sie hinfahren. Als die Dewos zu der Tree-Ranch einbogen, sahen sie schon die gedeckten Tische.

Sie wurden herzlich empfangen von Lores Mann Jeff.

Er sagte, dass die Frauen im Schuppen wären, denn ihre Hündin hätte sich ausgerechnet diesen Zeitpunkt ausgesucht, um ihre Jungen zu werfen.

Sofort nahm Lucille ihren kleinen Arztkoffer aus dem Range Rover und ging schnell zum Schuppen. Aber helfen brauchte sie nicht. Vier herzige Hundebabys waren schon geboren. Alles war gut verlaufen. Yara war ihrer Mama hinterher gelaufen und staunte nun. Sie konnte noch nicht so gut sprechen, aber sie schaute die Hündchen lange an, dann sagte sie:

„Yara will auch einen Hund haben!"

Manchmal redete sie auch Englisch, sie hörte beide Sprachen in ihrer Umgebung, sie gewöhnte sich daran, das war gut so.

Alle lachten und schauten das kleine Mädchen an.

Lore kniete zu ihr nieder und sagte: „Du bekommst einen Hund, sobald er etwas größer ist, er muss noch viel Milch trinken von seiner Hundemama."

Eigentlich hatte Lucille auch schon darüber nachgedacht, einen Hund zu kaufen. Yara musste man nun erklären, warum sie nicht sofort einen mitnehmen konnte.

Auch Selma wollte am liebsten einen Hund mit nach Europa nehmen. Sie hatte nur noch drei Tage Urlaub, dann ging es zurück in die Schweiz. Sie bedauerte es, nicht bleiben zu können, aber die Pflicht rief.

Sie arbeitete in einer Apotheke in der Schweiz, ihr Mann war schon vor Jahren an Herzversagen gestorben.

Ihr einziges Kind Lore war nun in Australien zu Hause. Sie bedauerte oft, dass sie so weit weg war.

Am Abend wollte Peter wieder mal nach Hause skypen. Er erzählte seiner Schwester, was er hier schon alles so erlebt hatte und wollte wissen, was es Neues gab.

Petra freute sich, dass die Stimme ihres Bruders nicht mehr so traurig klang. Auch Bella kam ins Bild und winkte fröhlich, sie war etwas größer geworden.

Sie half nun auch bei dem Kinderbuch mit. Ihre Zeichnungen wurden von allen gelobt.

Peter schaute das Bild auf seinem Nachtisch an. Seine Anne, die immer für ihn da gewesen war, sie war tot und doch spürte er ihre Gegenwart, das würde sich auch nie ändern. Ihre Liebe würde ewig bestehen bleiben. Irgendwie schlief er an diesem Abend zufrieden ein.

Am Morgen hörte er laute Stimmen, etwas war anders als sonst. Er kleidete sich rasch an und ging auf den Hof hinaus.
Etwas Furchtbares war geschehen, ein Pferd war verschwunden. Wahrscheinlich war in der Nacht ein Pferdedieb dort gewesen. Félix startete die Cessna, und dann überflogen er und sein Vater das Land. Sie konnten aber nirgends einen Reiter entdecken, nur ein stehendes Auto... Die Polizei war dabei, Spuren zu sichern. Sie fanden ein paar Bluttropfen, wahrscheinlich war der Dieb verletzt und hat sich einfach ein Pferd genommen. Ein paar Meilen weiter weg stand das Auto, beide Türen waren offen, aber es war kein Mensch weit und breit zu sehen.
Plötzlich hörte ein Polizist ein Wimmern. Als er sich umschaute, sah er eine Frau im dürren Gras liegen. Sie war verletzt und ihre Kleider waren zerrissen. Ihr Gesicht war so geschwollen, dass man fast nicht verstand, was sie flüsterte. Ihr Name lautete Milena. Sie war alleine getrampt und ein Mann hatte sie mitgenommen. Als sie nicht bereit war, Sex mit ihm zu haben, schlug er mit der Faust zu. Tränen rollten über ihr Gesicht. Sie hatte sich gewehrt, denn vor einem Jahr hatte sie einen Kurs zur Selbstverteidigung besucht. Das war ihre Rettung. Darum hatte der Mann auch etwas abbekommen. Er musste große Schmerzen gehabt haben, denn er ließ von ihr ab.

Das Auto war nicht mehr angesprungen, da der Benzintank leer war, so musste er zu Fuß weiter, stahl ein Pferd und war verschwunden. Sie brachten Milena in ein Krankenhaus. Ihren Rucksack nahm die Polizei mit.

Eine Suchmeldung nach dem Fahrer des Autos brachte nicht viel. Es war gestohlen. Aber eine neue Vermisstenanzeige eines Wagens war eingetroffen. Die Suche nach dem Auto war erfolgreich. Der Mann konnte gefasst werden. Er hatte ein Pflaster über der Nase, die war sogar gebrochen.

Das Pferd hatte er einfach davongejagt. Jeder Farmer war informiert und hielt Ausschau. Es dauerte nur zwei Tage, da fand man das Tier. Lucille untersuchte es gründlich. Sie fand keine sichtbaren Wunden, aber es war sehr verstört. Sie würde viel Geduld aufbringen müssen mit dem Pferd, bis es wieder in Form war.

Sie fuhr auch ins Spital, um die junge Milena zu besuchen.

Es ging ihr schon besser. Sie erzählte Lucille, dass sie schon oft alleine unterwegs gewesen war, aber noch nie war ihr so ein komischer Mensch begegnet, der musste verrückt sein. Auf die Frage, warum sie denn so alleine herumtrampte, antwortete sie, dass sie nach dem Tod ihrer Eltern nicht mehr alleine im Haus sein konnte, es verkauft habe und sich auf gut Glück eine andere Heimat suchen wollte. Jetzt wisse sie, dass sie falsch gehandelt hatte, sie war wohl zu vertrauensvoll den Menschen gegenüber.

Lucille machte ihr den Vorschlag, vorläufig in der Gästewohnung bei ihnen einzuziehen. Da lächelte Milena zum ersten Mal, noch etwas schmerzverzerrt, aber sie sagte zu, denn das Trampen war ihr gründlich vergangen.

Félix hatte etwas nachgeforscht und festgestellt, dass alles stimmte, was Milena gesagt hatte.

So hatten sie nun eine neue nette Mitbewohnerin bekommen.

Milena erzählte, dass ihre Eltern ein Restaurant geführt, sie selber aber nie so gerne im Betrieb gearbeitet hätte. Sie hatte immer von einem eigenen Geschäft mit Kinderspielsachen geträumt. Gelernt hatte sie viele Sprachen und war in einer Schule angestellt gewesen, bis zu dem Tag, als sie fort wollte. Einfach etwas anderes sehen und erleben.

Sie staunte nicht schlecht über die Kinderbücher, die Lucille ihr zeigte. Begeistert bot sie an, dabei zu helfen. Lucille erzählte ihr von ihrer verstorbenen Schwiegermutter Anne, vom Haus am Bodensee in der Schweiz, von dem Absturz der Cessna, ihrem Schwiegervater und wie sie Félix kennen gelernt hatte...

Milena und Yara waren sofort dick befreundet, das merkte man auf den ersten Blick. Sie konnte gut mit Kindern umgehen. Alle gewöhnten sich an Milena und sie fühlte sich schnell sehr wohl bei den Dewos.

Sie hatte eine Idee, sie wollte Sprachunterricht erteilen, über den Computer. Das wäre eine gute Gelegenheit, etwas Geld zu verdienen. Sie fand auch tatsächlich schnell ein paar Schüler. Das war cool, sie musste das nun gut organisieren.

Peter hatte Milena auch ins Herz geschlossen, er meinte, dass Schweizerdeutsch aber sicher nicht auf dem Programm von ihr wäre. Das musste Milena lachend verneinen, denn es war unheimlich schwer "Chuchichäschtli" (Küchenschrank) auszusprechen. Die Schweizer stellten ihre Freunde immer gerne mit diesem Wort auf die Probe, zur allgemeinen Erheiterung.

Wenn nun Milena arbeitete, spielte Peter mit seiner Enkelin dieses Würfelspiel, das er ihr geschenkt hatte. So konnte Yara schon bald gut mit Zahlen umgehen. Lucille meinte lächelnd: „Hoffentlich vergisst meine Tochter nicht, dass ich ihre Mutter bin." Aber sie war froh, etwas entlastet zu sein.
Obwohl sie noch nicht beim Arzt gewesen war, fühlte sie, dass sie wieder schwanger war. Am Abend erzählte sie ihrem Mann davon. Félix war so glücklich, er umarmte Lucille stürmisch. Eine solche frohe Botschaft kurz vor Weihnachten, das war sensationell und wundervoll. In Australien wird auch Weihnachten gefeiert, aber dort ist das Wetter anders als in Europa, es ist heiß. An Heiligabend würde Félix die frohe Botschaft dann verkünden, so richtig passend zum Fest.
Milena hatte auch etwas Erfreuliches zu berichten. Sie hatte sich in einen ihrer Schüler verliebt, er war verwitwet, aber noch sehr jung. Sie wollten sich an Weihnachten zum ersten Mal treffen.
Sofort sagte Félix: „Ihr dürft euch gerne hier bei uns treffen, denn den Burschen will ich mir genau ansehen."
Milena lachte, aber sie nahm den Vorschlag an, sie hatte ja bereits eine sehr schlechte Erfahrung gemacht.
So würde Weihnachten ein schönes Familienfest werden, wie immer. Peter war schon am Morgen zu Annes Grab gegangen, sie fehlte ihm.
Die Nachbarn von der Tree-Ranch hatten angerufen und fröhliche Weihnachten gewünscht. Glücklich verkündete Lore, dass sie endlich schwanger sei. Ihre Mutter aus der Schweiz sei auch

gekommen und lasse herzlich grüßen und auch frohe Weihnachten wünschen.

Sie freuten sich alle über diese tollen Neuigkeiten.

Kaum hatte Peter den Computer gestartet, hatte er schon Urs und Irina in der Leitung. Sie erzählten ihm, dass das Haus am See ganz eingeschneit sei. Urs sagte, er habe schon Blasen an den Händen vom Schneeschaufeln. Er müsste Irina nun schonen, sie erwarte ein Kind.

Peter lachte: „Dann gratuliere ich euch herzlich. Alle guten Dinge sind drei! Yara bekommt auch ein Geschwisterchen und Freunde von uns erwarten ebenfalls ein Kind, das ist ja ein wunderschönes Weihnachtsfest."

Peter stellte sich vor, wie wieder Leben in das Haus am See kam, wo er so herrliche Zeiten mit Anne verbracht hatte. Irgendwann würde er an Weihnachten erneut in die Schweiz reisen, um sich alles wieder anzuschauen. Urs und Irina wünschten alles Liebe und Peter sollte alle herzlich grüßen.

Dann versuchte Peter es bei seiner Schwester Petra. Die Familie dort war auch zu Hause und freute sich über die guten Wünsche und die freudigen Nachrichten. Sie wollten eben zu Bella, sie spiele draußen im Schnee mit ihrem Hund. Sie hatten vor, einen Riesenschneemann zu bauen. Ein Foto käme dann per E-Mail.

Peter dachte: Ach ja, das Hundebaby! Er wollte es zum Fest holen. Man soll ja keine Tiere an Feiertagen schenken, aber Yara hatte sich ja schon lange ihren Hund ausgesucht, das war etwas anderes.

So fuhr er zur Tree-Ranch. Unterwegs kaufte er noch ein Geschenk für Lore. Sie umarmte ihn, sie war so glücklich. Ihre Mutter begrüßte ihn auch herzlich. Jeff schenkte jedem ein Glas frischen, gekühlten Saft ein zum Anstoßen.

Die Hunde spielten in der Halle.

Peter zückte seinen Geldbeutel, um den Hund zu bezahlen, aber das wurde energisch abgelehnt.

Er fuhr dann anschließend mit dem Hundebaby nach Hause. Er stellte den Korb in sein Zimmer, denn es sollte ja eine Überraschung werden.

Félix hatte eine künstliche Tanne geschmückt und eine Krippe gebastelt, sie sah fast so aus wie das Haus am See. Auch Figuren hatte er geschnitzt, ein Spiegel vor der Krippe ersetzte den See, wo kleine Enten darauf schwammen. Winzige Schafe standen herum mit Hirten, sogar ein kleines batteriebetriebenes Lagerfeuer leuchtete vor der Krippe.

Er hatte sich viel Arbeit gemacht, damit alle etwas zum Staunen und Freuen hatten. Es sah wirklich wunderschön aus.

Am Weihnachtsabend strahlten die Sterne am Himmel so hell wie noch nie.

Als alle versammelt waren, holte Peter den kleinen Hund.

Yara klatschte entzückt in ihre Händchen. Vorsichtig streichelte sie den wirklich hübschen Kerl, dann stellte sie sich auf die Zehenspitzen und umschlang mit ihren kleinen Ärmchen ihren Großvater und flüsterte ihm ins Ohr: „I love you so much, Grandpa!"

Das neue Leben hatte begonnen…

Autorenportrait Raymonde Graber:

Die Autorin wurde 1944 im schönen Großher-
zogtum Luxemburg geboren, wo sie ihre Ju-
gendzeit verbrachte. Der Liebe wegen reiste sie
in die Schweiz. Sie hat einen Sohn und fünf En-
kelkinder. Nach so manchen Schicksalsschlägen
wohnt sie nun mit ihrem Lebenspartner in der
Nähe vom herrlichen Bodensee.
Mehr über die Autorin erfahren Sie hier:
www.facebook.com/raymy.graberschiltz

Zitat Raymonde Graber–Schiltz:
*In den vergangenen Jahren habe ich gelernt, dass die Welt eine
Bühne ist. Es ist eine Kunst, sich darauf zu bewegen. Man muss
sich das Leben selber malen, in den schönsten Regenbogenfar-
ben. Mit viel Liebe, Humor, einfach bunt und schön. Ich habe
auch erkannt, dass Trauer, Leid und Schmerz zum Leben dazu
gehören.*

*Meine Devise: Auf Gott vertrauen und nie aufgeben, egal was
passiert. Glaube an das Unmögliche und das Unmögliche wird
möglich!*

*Einen ganz herzlichen Dank an meine liebe Lektorin Manuela
Klumpjan und das Team des Edition Paashaas Verlags, die meiner Geschichte den letzten Schliff gegeben haben.*

www.ingramcontent.com/pod-product-compliance
Lightning Source LLC
Chambersburg PA
CBHW020022030726
47499CB00007B/2228